LE PLUS GRAND ENNEMI

JASON KASPER

SEVERN RIVER
PUBLISHING

LE PLUS GRAND ENNEMI

Titre de l'édition originale publiée *Greatest Enemy* par Regiment Publishing LLC.

Severn River Publishing
www.SevernRiverBooks.com

ÉGALEMENT PAR JASON KASPER

Série American Mercenary

Le Plus Grand Ennemi

Offre de Vengeance

Rédemption des Ténèbres

Appel à Représailles

Le Cartel du Suicide

Objectif Terminal

Shadow Strike Series

The Enemies of My Country

Last Target Standing

Covert Kill

Narco Assassins

Beast Three Six

The Belgrade Conspiracy

Spider Heist Thrillers

The Spider Heist

The Sky Thieves

The Manhattan Job

The Fifth Bandit

Standalone Thriller

Her Dark Silence

severnriverbooks.com/foreign-language

To Bravo One—
I understand.

See you at the final TIC.

HAINE

Res firma mitescere nescit

-Une résolution ferme ne saurait s'affaiblir

1

1er juin 2008
Park Ridge, Illinois

La maison était silencieuse, et je me faufilais à travers ses ombres comme un fantôme.

La lumière de la lune filtrait à travers les lattes horizontales des stores. Sa lueur terne était coupée par les arbres qui projetaient leurs ombres sur moi. Lorsque je suis entré, le seul son que l'on pouvait entendre au-dessus du bruissement de mes vêtements et du murmure de mes pas sur la moquette était le ronronnement d'un réfrigérateur, dont la surface réfléchissait les lumières vertes des horloges d'un micro-ondes et d'un four.

J'ai tourné au bout du couloir, un pistolet de calibre 22 à bout de bras, juste sous mon champ de vision. La lumière rouge du voyant d'un écran plat en veille se reflétait sur le mur, au-dessus du foyer noir et béant d'une cheminée. Lorsque je suis passé devant, j'ai vu un long couloir qui partait dans l'obscurité.

Après avoir enlevé une main gantée du pistolet, j'ai fermé le poing et frappé trois fois sur le mur.

Une lumière blanche éclaira brusquement une porte au

bout du couloir, et le bruit d'une culasse de fusil à pompe résonna dans toute la maison. En un instant, la porte s'ouvrit et inonda le couloir d'une lumière éblouissante. Je suis retourné dans l'ombre lorsque le long canon d'un Mossberg calibre 12 est apparu dans l'embrasure de la porte.

Lorsque l'homme qui tenait le fusil est sorti de la pièce et a pointé le canon vers moi, je lui ai tiré deux balles dans le ventre.

Il a trébuché en arrière sous le feu de mon calibre 22 et son dos est venu frapper le mur du fond et il s'est effondré en position assise. Il a posé une main sur son ventre tandis que l'autre restait sur le fusil.

Je suis entré dans la lumière et j'ai dit : "Salut Peter. Je suis David Rivers."

Il m'a regardé en plissant les yeux, haletant d'incrédulité, puis il m'a reconnu.

"Comment va Laila ?" demanda-t-il.

"C'est entre nous maintenant. Tu as commencé notre première conversation, et maintenant je commence notre dernière."

Il a fait pivoter le canon de son fusil vers mon visage et a appuyé sur la détente.

Un clic métallique s'est fait entendre.

"C'est bizarre", dis-je en glissant mon pistolet dans ma ceinture. J'ai avancé vers lui et lui ai pris le fusil qui commençait à lui glisser des mains. Puis j'ai pris des cartouches dans ma poche et commencé à les charger dans la culasse.

Un air d'effroi et de soumission est alors apparu sur son visage, tandis que sa main désormais vide rejoignait l'autre sur son ventre et que du sang rouge vif coulait entre ses doigts.

"Ne fais pas ça", chuchota-t-il entre deux respirations irrégulières. "Je peux te payer... appelle-les... appelle l'ambulance."

"La dernière fois qu'on s'est parlé, tu m'as fait la leçon sur la vengeance. Tu veux encore me faire la morale ?"

"Je ne t'ai jamais vu. Va-t'en. Je t'en prie."

J'ai chargé la dernière cartouche en secouant la tête.

"Je t'avais dit que ça arriverait, Peter. Tu as probablement dit des conneries des milliers de fois, sans que ça ait de conséquences, mais tu as fini par le faire au mauvais moment et à la mauvaise personne. Et maintenant," — j'ai fait coulisser la glissière pour charger une cartouche dans la chambre — "tu vas te faire défoncer le crâne avec ton propre fusil."

Il serra les poings sur son ventre en sang, et grimaça comme s'il s'attendait à ce que je le gifle. "Écoute-moi une putain de seconde. Écoute-moi juste..."

"Je t'ai donné une chance de te suicider, mais tu n'as eu ni le cerveau ni les couilles pour faire une chose honorable. Ton père ne t'a pas peut-être pas appris à être un homme, ou peut-être que tu es né lâche et que c'est dans tes gènes. Quoi qu'il en soit, je te donne une chance de faire face aux conséquences de tes actes comme tu n'as jamais eu à le faire."

"J'ai près de vingt mille dollars dans le coffre-fort de la chambre. Prends-les et pars. Le code est 62-29-99."

Un sourire est apparu sur mon visage. "Peter, tu n'écoutes pas ce que je te dis. Accepte ton destin. Tu m'as demandé, et maintenant je suis là. Et personne ne te vengera, car je vais me mettre un flingue dans la bouche dans quelques heures. C'est comme ça que ta vie va se terminer."

"Je t'en supplie, je n'aurais pas dû traiter Laila comme ça. Je ne voulais pas... Je suis désolé, je suis vraiment désolé..."

"Essaie d'avoir un peu de dignité quand tu meurs. Ça n'arrive qu'une fois."

"Je ferai tout ce que tu veux, mais je t'en supplie, ne fais pas ça."

J'ai pointé le canon du fusil sur son visage. "Au moins, tu n'as pas pleuré."

À ce moment-là, il s'est mis à pleurer comme Laila la nuit où il l'a appelée.

"Adieu, Peter", dis-je en appuyant sur la détente du Mossberg avec un bruit assourdissant.

Sa tête disparut dans une explosion de sang et de fumée. Alors que ses épaules s'affaissaient sur le côté, j'ai abaissé le canon et observé les spasmes post-mortem de ses épaules.

Puis j'ai laissé tomber le fusil à mes pieds, tourné les talons et je suis sorti de la maison.

Les néons de l'enseigne du magasin d'alcool brillaient dans l'obscurité. Leur éclat sordide était le même dans tous les états que j'avais visités. J'ai accéléré dans sa direction, les pneus de mon vieil Explorer chassant l'eau de pluie qui venait de s'arrêter de tomber quelques minutes auparavant. Les façades des autres magasins de la rue vide étaient sombres, seulement éclairées par le rayonnement lointain des lampadaires, jusqu'à ce que mes phares les balayent sur mon passage.

J'accélérais vers le magasin d'alcool qui était sur le point de fermer pour la nuit, ce que j'avais réalisé subitement lorsque j'étais arrivé à mon hôtel et que j'avais constaté que la bouteille que j'avais apportée était presque vide.

J'ai trouvé une place entre deux lampadaires sur le parking désert, puis j'ai coupé le moteur. J'ai attrapé mon sac à dos sur siège passager et ouvert rapidement le compartiment principal contenant la sacoche de mon ordinateur portable, portant les cicatrices d'une demi-décennie de voyages. J'ai plongé ma main au fond du sac, tâtonnant jusqu'à ce que mes doigts entrent en contact avec le métal froid.

J'ai sorti le revolver Ruger, un bulldog en acier qui pesait plus du double du pistolet que je venais d'utiliser pour tirer sur

Peter. J'ai ouvert le barillet pour vérifier qu'il était bien chargé avec six balles estampillées *.454 CASULL*, chacune capable de tuer n'importe quel gros gibier. Satisfait, j'ai refermé le cylindre et glissé soigneusement le Ruger dans ma ceinture avant de le recouvrir avec mon T-shirt.

J'ai reposé le sac à dos sur le siège passager, puis je suis sorti dans l'air chaud et humide et me suis dirigé vers l'entrée.

Un vieux vagabond portant une veste militaire verte s'approcha de moi en boitant.

"Hé, vous auriez pas un peu de monnaie ?" demanda-t-il.

Je suis passé à côté de lui, j'ai poussé la porte et suis entré dans la lumière vive de l'intérieur du magasin.

Une voix masculine m'a interpellé de derrière la caisse : "On ferme dans cinq minutes."

J'ai parcouru les rayons en balayant les étagères du regard jusqu'à ce que je trouve les bouteilles en verre avec les étiquettes familières que je cherchais. Je suis passé devant les scotchs et les whiskies pour enfin m'arrêter devant la sélection de bourbons. Mes yeux se sont posés sur l'étagère du haut, et j'ai poussé un soupir de soulagement en tendant la main pour saisir le goulot d'une grande bouteille.

J'ai mis mon autre main en dessous et lu l'étiquette sur laquelle était écrit WOODFORD RESERVE.

J'ai froncé les sourcils en voyant l'autocollant vert collé de travers sur lequel était marqué : CLOSING TIME WINE & SPIRITS: $62.99.

Le jeune Indien en âge d'être à l'université, qui se tenait derrière le comptoir, me regardait m'approcher de la caisse.

"Vous avez l'air d'avoir accompli votre mission."

J'ai posé la bouteille devant lui. "Ouais. Je viens de réaliser que j'avais plus de bourbon."

"Vous avez eu une soirée chargée ?"

"Ouais, on peut dire ça."

"Vous avez besoin d'une bouteille de soda avec ça ?"

"Pour consommer toutes ces calories en plus ? Non, merci. J'essaie de vivre éternellement."

Il examina l'autocollant sur la bouteille et a tapa le prix sur sa caisse. "68,16 dollars", dit-il.

J'ai levé les yeux vers le drapeau américain qui était suspendu verticalement au plafond derrière lui et dont les ondulations accumulaient la poussière.

"68,16 dollars", répéta-t-il, en glissant la bouteille dans un sac en papier brun qu'il posa sur le comptoir.

J'ai sorti quatre billets de mon portefeuille et lui ai tendus. "Gardez la monnaie."

"Merci. Vous avez besoin de votre ticket ?"

"Non."

"Bonne soirée."

"Merci, vous aussi", dis-je en attrapant la bouteille par le goulot à travers le sac.

Lorsque je suis sorti dans l'air humide de la nuit, une voix à côté de moi cria "Hé !"

Le vieil homme qui m'avait demandé de la monnaie était toujours là, et son visage buriné et mal rasé me fixait, alors qu'il titubait sous l'effet de l'alcool.

"Ne m'ignorez pas", dit-il, alors que des larmes lui montaient aux yeux. "Je suis un ancien combattant, nom d'un chien."

Je me suis arrêté et lui ai fait face, en jetant un coup d'œil aux patchs délavés sur sa veste. "Où est-ce que vous avez servi, sergent-chef ?"

"J'étais à Dak To en 67, je me suis battu au Vietnam pour votre pays."

J'ai mis ma bouteille sous un bras et pris mon portefeuille dans ma poche. J'en ai sorti quelques billets, que j'ai pliés en deux avant de lui donner.

"C'est tout ce que j'ai, sergent. Achetez-vous un petit quelque chose."

Je suis retourné à ma voiture, je me suis assis sur le siège conducteur et j'ai claqué la portière derrière moi. J'ai ouvert le sac à dos et glissé la bouteille de bourbon à côté de mon ordinateur portable lorsque j'ai entendu le hurlement perçant des sirènes de police.

J'ai regardé le parking vide à travers le pare-brise et vu les lumières rouges et bleues se refléter sur les vitrines au loin. J'ai pris une profonde inspiration et l'ai relâchée, puis j'ai passé la main sous mon T-shirt pour sortir le Ruger.

J'ai soulevé le revolver entre ma poitrine et le volant, j'ai appuyé le bout du canon contre le dessous de ma mâchoire. Mon index droit s'est posé sur l'arrondi de la détente, et je me suis murmuré :

"Trois."

Les phares de la première voiture de police percèrent la nuit, et furent immédiatement suivis par ceux de la deuxième.

"Deux."

J'ai été envoûté par le hurlement des sirènes dont le volume augmentait jusqu'à devenir assourdissant.

"Un."

L'intensité des gyrophares augmenta et me força à plisser les yeux.

"À plus."

Mon doigt se crispa sur la détente alors que les voitures de police passèrent devant moi sans s'arrêter et s'éloignèrent à toute allure dans la rue humide.

J'ai relâché une expiration qui m'a paru interminable, puis j'ai posé le pistolet sur mes genoux et pris quelques grandes inspirations. J'ai remis le Ruger dans ma ceinture et remis mon T-shirt par-dessus.

J'ai démarré ma voiture, allumé les phares et me suis mis en route. J'ai roulé dans une longue flaque d'eau avant de tourner au coin de la rue et de m'éloigner du son des sirènes de police qui étaient déjà quasiment inaudibles.

Alors que je parcourais le couloir de l'hôtel vers ma chambre avec mon lourd sac à dos sur l'épaule gauche, je ressentais un immense soulagement. Je pouvais passer mes dernières heures à boire et à écrire, les deux derniers plaisirs qui me restaient dans la vie.

Je me suis arrêté devant la chambre 629, j'ai sorti la carte magnétique de ma poche et l'ai glissée dans la fente au-dessus de la poignée. Lorsque la lumière verte a clignoté, j'ai poussé la porte et je suis entré dans la modeste pièce.

Alors que la porte se refermait toute seule derrière moi, mes yeux se sont posés sur la table dans le coin de la pièce, devant laquelle se trouvait une chaise à roulettes. C'est ici que je composerais ma dernière œuvre, mon opus magnum. Il couronnerait un millier de bribes de texte qui s'étaient accumulées sur mon ordinateur portable telles des cellules cancéreuses pendant de longues nuits passées seul dans l'obscurité, à regarder au fond de moi-même et à devenir de plus en plus dégoûté par ce que j'y trouvais.

J'ai remarqué des traces de pas humides sur la moquette à motifs. Au même moment, j'ai entendu une voix d'homme venant de ma gauche.

"Lève les mains, connard."

Mon estomac se noua.

Je gardais mes mains ouvertes immobiles au niveau de la taille et j'ai vu un pistolet automatique sortir de l'ombre dans l'embrasure de la porte de la salle de bain et dont le canon prolongé d'un silencieux était pointé sur ma poitrine.

"Lève les mains, David, ou tu es mort", dit une deuxième voix.

J'ai levé les yeux et j'ai vu le bout d'un autre silencieux pointé sur mon visage. L'homme qui le tenait était caché derrière le bord du mur devant le lit.

Mon esprit s'est emballé. J'ai pris une dernière inspiration, et j'ai fait la seule chose que je pouvais faire.

D'une main, j'ai levé mon T-shirt, et de l'autre, j'ai saisi la poignée en caoutchouc du Ruger. J'avais dégainé le pistolet en une fraction de seconde, et je commençais tout juste à lever le canon lorsque le premier homme m'a plaqué contre le mur avec la force d'un train de marchandises lancé à pleine vitesse.

Le revolver est tombé de ma main alors que ses épaules me poussaient vers le sol. Avant que je ne puisse me remettre de l'impact initial, le deuxième homme s'est jeté sur moi et m'a asséné un coup de poing sur le côté du visage.

Ma vision s'est brouillée, ma bouche s'est remplie de sang et une douleur intense s'est emparée de mon crâne. Le premier homme m'a fait rouler sur le dos en me soulevant par le col. Dans une suite de mouvements rapides, il a fait rebondir ma tête sur le sol, contre le mur, et à nouveau sur le sol.

J'ai involontairement craché du sang avant qu'il ne me fasse rouler sur le ventre. L'un des hommes m'a arraché le sac à dos du bras gauche tandis que l'autre me mettait les mains dans le dos.

J'ai grimacé et grogné "enfoirés" dans le tapis pendant qu'ils m'attachaient les poignets avec un collier de serrage en plastique. L'homme qui me chevauchait me fouillait brutalement et vidait mes poches. J'entendais le bruissement du sac en papier et le bruit du bourbon dans la bouteille pendant que l'autre fouillait dans mon sac.

Avec le visage écrasé sur le sol et ma bouche pleine de sang, j'ai dit : "Pendant une seconde, j'ai cru que vous étiez des flics."

L'homme au-dessus de moi appuya sur mon cou en y mettant tout le poids de son corps pour mieux m'enfoncer dans la moquette. Les bottes du deuxième homme étaient devant mon visage, et lorsque j'ai essayé de lever les yeux, il a pressé l'extrémité du silencieux contre ma tempe, me forçant à remettre ma tête sur le sol.

L'un des hommes répondit d'un ton sec entre deux accès de colère.

"Crois-moi, ça serait mieux pour toi si on était des flics. Et on sait que tu as tué Peter McAlister."

"Qu'est-ce qui vous fait dire ça ?"

"On t'a vu le faire."

"C'est faux."

"On t'a vu récupérer le double de la clé sous la brique de l'allée. Et on l'a vu au bout du couloir avant que sa cervelle n'ait eu le temps de sécher sur le mur. Est-ce que c'est assez précis pour toi, David ?"

"C'est mieux."

"C'est maintenant que tu nous dis qui t'a payé pour le tuer."

"Non."

À ce moment-là, la main sur le côté de mon cou s'est mise à serrer ma trachée-artère, m'empêchant de respirer. L'homme m'a soulevé du sol en me serrant par la gorge avant de me faire tourner sur le côté et de me jeter contre le mur. J'ai fini par m'immobiliser en position assise.

Lorsque j'ai ouvert la bouche pour reprendre mon souffle, il a glissé le silencieux de son pistolet entre mes dents et l'a enfoncé au fond de ma gorge avant de relâcher la pression sur ma jugulaire. Je tentais désespérément de respirer par le nez en apercevant pour la première fois mon agresseur. Sa poitrine était aussi large que mes épaules, et ses yeux sombres brûlaient de fureur derrière le pistolet. J'essayais d'éloigner mon visage du pistolet, mais il m'a pris l'arrière de la tête et a enfoncé le silencieux plus profondément dans ma bouche.

"Qui est-ce qui t'a payé pour le tuer ?"

"Comment tu veux que je te réponde avec un flingue dans la bouche ?" marmonnai-je.

Une radio s'est allumée et une voix a dit : *"Noir, Rouge."*

Quelque part sur ma droite, le deuxième homme a répondu : "Va pour Noir."

"*Tu vas adorer ce que j'ai trouvé dans sa bagnole. Ce gars vient avec nous.*"

J'ai passé mentalement en revue tout le contenu de mon véhicule et j'ai su qu'il parlait du sac en nylon noir caché sous une bâche.

L'homme qui était au-dessus de moi s'est penché et a dit : "Ce n'est pas fini", avant de retirer le pistolet de ma bouche et de le reposer sur ma tête. J'ai eu un mouvement de recul avant que le métal vienne s'abattre violemment sur mon crâne.

Puis tout est devenu noir.

RÉVÉLATION

Omnes vulnerant, ultima necat

-*Toutes blessent, la dernière tue*

2

Cinq ans plus tôt
23 mars 2003
Base aérienne d'Al-Jawf, Arabie Saoudite

Le ciel sans fin prenait une teinte orange flamboyante alors que le soleil disparaissait sous l'horizon.

Les hommes qui regardaient ce spectacle attendaient ce moment de la journée avec impatience.

De l'instant où il apparaissait jusqu'à sa descente de l'autre côté de la terre, le soleil transformait l'Arabie Saoudite en une véritable fournaise. Ses rayons impitoyables étaient amplifiés par le sable dur et sans relief qui s'étendait à perte de vue dans toutes les directions.

Lorsque vint la tombée de la nuit, ma compagnie de Rangers de l'armée était déjà assise en rangs sur le sol à côté de la piste d'atterrissage en terre depuis des heures, transpirant dans des tenues de camouflage aux couleurs du désert. Nos masques à gaz étaient suspendus entre nos jambes et des sacs contenant des gilets chargés de munitions, de grenades et de bidons étaient fixés à notre taille par les sangles de harnais de nos parachutes. D'énormes sacs à dos étaient attachés à nos hanches sous des parachutes de secours de la taille d'une boîte à chaussures, ajoutant une charge supplémentaire de cinquante kilos.

La majorité d'entre nous étions des soldats de dix-neuf ans, et nos objectifs nous étaient dictés par des chefs d'équipe à peine plus âgés. Malgré notre jeune âge, si le gouvernement voulait parachuter 154 Américains derrière les lignes ennemies pour s'emparer d'un terrain d'aviation et commencer à mettre à sac le territoire ennemi jusqu'à ce que le général dise d'arrêter, alors les Rangers étaient la force de choix.

Jusqu'à ce que je fasse mes preuves en Afghanistan l'été précédent, ma routine quotidienne consistait à recevoir des coups de poing dans l'estomac, à être projeté contre des murs, à recevoir des coups de pied dans les côtes lorsque je faisais des pompes sur commande, et à faire la bien nommée "chaise électrique", un exercice consistant à s'accroupir, le dos contre un mur, tout en tenant un trépied de mitrailleuse de dix kilos à bout de bras. En quelques minutes, le corps commençait à trembler de façon incontrôlable, donnant l'impression d'être électrocuté.

Ce type de développement personnel et professionnel était complètement indépendant de l'entraînement structuré qui comprenait de longues marches sur la route, des entraînements au tir, des raids et des patrouilles en forêt jusque tard dans la nuit et qui se prolongeaient souvent le jour suivant.

Le résultat collectif de ces efforts culminait dans la scène qui s'offrait à moi : un groupe d'hommes complètement désensibilisés à la violence, chargés de testostérone et qui en avaient ras le bol de vivre dans des tentes sur un aérodrome saoudien perdu au milieu de nulle part. Nous avions passé le mois de mars 2003 à attendre l'invasion de l'Irak, et il ne nous restait plus qu'à attendre l'arrivée de nos avions pour participer à notre deuxième guerre en autant d'années.

Remington était assis sur le sol à côté de moi. Son allure dégingandée et ses yeux fuyants commençant à disparaître dans l'obscurité.

Avec son accent d'Alabama à peine compréhensible, il dit : "Montre-leur de quoi t'es capable à West Point, David. Tu représentes Gun Six. Sur qui je vais pouvoir compter dans l'équipe de tir quand tu seras parti ?"

"Il faut d'abord qu'on survive à l'invasion, Remy. Je ne serai pas à West Point avant juin."

"Combien de fois t'as postulé là-bas, d'ailleurs ?"

"Juste deux fois."

"Qui aurait cru que tu irais à l'université..." Il s'arrêta pour cracher un jet de jus de tabac par terre. "Sarah a dit quoi quand elle a appris que t'étais accepté ?"

"Ça va retarder un peu notre mariage. Elle n'était pas vraiment ravie."

"Quatre ans, c'est pas rien, Slick."

"Cinq. J'ai une année de prépa d'abord."

"Tu crois qu'elle va t'attendre tout ce temps ? Laisse-moi revoir cette photo."

Il demandait souvent à revoir cette photo, bien qu'il l'avait rencontrée en personne à plusieurs reprises. J'ai mis la main dans la poche sur mon bras et en ai sorti la photo cornée que j'avais avec moi depuis l'Afghanistan.

Je lui ai tendue. "On est ensemble depuis qu'on a quinze ans, et je ressemble à un putain de mannequin. Bien sûr qu'elle va m'attendre."

Il alluma la lampe frontale à lentille rouge qui pendait à son cou, et éclaira la photo d'une adolescente mince et brune qui tenait un ours en peluche en souriant timidement à l'appareil photo dans sa chambre étudiante.

Remington l'examina de près. "J'espère me trouver une fille comme ça un jour."

"Tu es le meilleur salopard que j'ai jamais rencontré", dis-je en essayant d'imiter son accent du Sud. "Tu vas t'en trouver une, Remy."

"Je parle pas comme ça", dit-il en rendant la photo.

Il parlait exactement comme ça.

"AVIONS !" cria le sergent-chef.

Remington a éteint sa lampe frontale, et j'ai remis la photo dans ma poche alors que le bourdonnement des turbopropulseurs se faisait de plus en plus fort. Un MC-130 Combat Talon est apparu dans l'obscurité et s'est posé sur la piste d'atterrissage à quelques centaines de mètres de là, suivi par trois avions de transport identiques qui se sont posés en succession rapide. Ils ont ralenti et se sont arrêtés, avant de commencer à faire demi-tour, en nous soufflant le sable dans la figure. Remington et moi essayions de nous mettre debout alors que le personnel de l'aérodrome passait devant chacun de nous pour nous aider à nous relever.

Le trajet jusqu'à l'avion se transforma rapidement en une épreuve d'endurance extrême. Les deux cents mètres qui nous séparaient des avions semblaient être autant de kilomètres. Sous le poids du matériel attaché à tant d'endroits peu pratiques, le moindre mouvement se faisait au prix d'un effort démesuré et d'une douleur atroce. Le personnel de l'aérodrome venait à notre secours pour soulager le poids de nos sacs pendant que nous avancions tant bien que mal et pour aider à transporter les Rangers épuisés jusqu'aux avions.

Avec les autres paras de mon groupe, nous sommes arrivés au troisième avion, nous avons monté la rampe sous la queue de l'appareil, et nous nous sommes assis aussi près que possible les uns des autres, face au ciel sombre à l'extérieur de l'avion. Une fois que le dernier homme s'est assis, la carlingue s'est assombrie un instant avant d'être baignée d'une lueur rouge par les lumières de l'avion. La rampe métallique se referma devant nous, obstruant notre vue du désert nocturne. Le mouvement de la rampe fut accompagné d'un long bruit aigu qui s'arrêta lorsque la rampe fut verrouillée, nous encapsulant dans l'avion. La faible vibration à l'intérieur de la cabine s'accentua lorsque l'avion commença à rouler vers la piste, puis se calma lorsque l'avion ralentit avant sa course de décollage.

Soudain, le vrombissement des moteurs s'intensifia jusqu'à ce qu'ils tournent à pleine puissance, et notre avion s'est élancé sur la piste. Nos estomacs s'enfoncèrent lorsque l'avion décolla et s'aligna avec les autres MC-130 qui se dirigeaient vers le nord en direction de l'Irak. La formation redescendit pour éviter la détection radar, et notre vol à soixante mètres au-dessus du désert commença.

Presque instantanément après avoir franchi la frontière irakienne, nous avons commencé à essuyer des tirs ennemis. Les petits hublots au-dessus de nos têtes étaient éclairés par les balles traçantes antiaériennes alors que nos pilotes tiraient des fusées éclairantes.

Deux instructeurs, postés à la porte de chaque côté de l'avion, se sont levés et ont crié pour couvrir le bruit des moteurs : "*VINGT... MINUTES.*"

"Vingt minutes", répétèrent d'autres parachutistes.

"Le credo des Rangers !" cria alors l'un des instructeurs.

Tout le monde dans la carlingue récita les mots familiers à l'unisson autant que le bruit des hélices et des moteurs le permettait.

"Je me suis porté volontaire pour être Ranger, en connaissant les dangers de la profession que j'ai choisie..."

Je me délectais de la mission qui m'attendait, en repensant à l'épouvantable monotonie de ma vie avant l'armée.

"J'accepte le fait qu'en tant que Ranger, mon pays attend de moi que j'aille plus loin, plus vite et que je me batte plus que tout autre soldat..."

Lors d'un cours d'histoire sur la Grèce antique au début de ma première année de lycée, le professeur avait demandé qui parmi nous aurait voulu grandir à Athènes, et qui à Sparte. J'ai été le seul à lever la main pour Sparte. Quand mon professeur m'a demandé pourquoi, j'ai dit : "Parce qu'ils gagnent." Le reste de la classe m'avait regardé avec un mélange d'indifférence et de dégoût, à l'exception d'une fille qui s'appelait Sarah.

"J'affronterai les ennemis de mon pays avec vigueur. Je les vaincrai sur le champ de bataille, car je suis mieux entraîné qu'eux et je me battrai de toutes mes forces..."

J'ai passé le reste de mes années de lycée assis au fond de la classe, à lire des livres de poche sur les opérations spéciales, du Vietnam à la Somalie. Mon meilleur ami et moi séchions souvent les cours pendant une semaine pour aller faire de la randonnée dans les Smoky Mountains, et je comptais les jours qui me séparaient de la date à laquelle je pourrais m'engager dans l'armée. Une semaine après avoir obtenu mon diplôme, j'ai dit au revoir à Sarah et je suis parti pour ma formation initiale.

"Le mot reddition ne fait pas partie du vocabulaire des Rangers. Je ne laisserai jamais un camarade tomber aux mains de l'ennemi..."

Vers la fin de la formation d'infanterie, nous sommes sortis de nos tentes un matin alors que nos sergents instructeurs étaient encore à l'intérieur du bâtiment. Nous avons poireauté une heure à l'extérieur avant qu'un sergent instructeur ouvre la porte et demande : "Qui a de la famille à New York ?" Quelques soldats ont levé la main. "Est-ce que quelqu'un a de la famille qui travaille au World Trade Center ?" Tous les soldats ont baissé la main sauf un. "Venez avec moi", dit le sergent instructeur.

"Je ferai preuve du courage nécessaire pour atteindre l'objectif des Rangers et mener à bien la mission, même si je suis le seul survivant."

J'étais maintenant dans mon élément et travaillais avec des

personnes partageant les mêmes idées et qui avaient choisi de se mettre en danger. En Afghanistan, j'ai découvert que j'étais bon lors des échanges de coups de feu. Je n'avais pas peur. Des tirs ennemis soudains, des raids dans des enceintes désolées, de longues patrouilles dans des vallées montagneuses — tout cela me mettait dans un état de concentration extrême qui pouvait durer des heures. La première fois que Remy et moi avons failli être tués par une roquette de Talibans qui est passée à quelques mètres au-dessus de nos têtes et a explosé un peu plus loin, nous avons ri comme des gamins, même si le souffle de l'explosion nous avait coupé le souffle.

"LES RANGERS OUVRENT LA VOIE ! "

À côté de leur porte respective, les instructeurs se firent un dernier signe de tête avant de se tourner face aux sauteurs. Mes pensées revinrent à des préoccupations plus immédiates. Dès que nous étions harnachés aux parachutes, il devenait impossible d'uriner.

C'était il y a plus de quatre heures.

"DIX... MINUTES." En prévision du prochain ordre, nous avons détaché la ligne de sécurité du plancher de l'avion et avons fourré la sangle et le mousqueton dans une poche accessible.

"PRÉPAREZ-VOUS."

Une pause.

"LEVEZ-VOUS..."

Une grande agitation s'ensuivit alors que nous nous efforcions de nous lever pour entamer les dix minutes atroces qui nous attendaient avant que les lumières à côté de chaque porte de saut passent du rouge au vert.

"ACCROCHEZ-VOUS."

Nous avons détaché le crochet de la sangle de notre parachute de secours et l'avons accroché au câble d'acier tendu au-dessus de nos têtes.

"VÉRIFIEZ LES LIGNES STATIQUES."

Après avoir inspecté ma ligne statique sur toute sa longueur pour vérifier qu'il n'y avait pas d'accroc entre le point d'accrochage et l'endroit où elle disparaissait au-dessus de mon épaule, j'ai procédé à la vérification de la ligne de Remington. La sangle était pliée en faisant des S sur une distance prédéterminée derrière son parachute, qui se déploierait automatiquement une fois la sangle tendue lorsqu'il se laisserait tomber de l'avion. Ne voyant aucun problème, je lui ai tapé sur le casque pour lui faire savoir que tout était bon.

"VÉRIFIEZ L'ÉQUIPEMENT."

J'ai passé ma main sur la mentonnière pour m'assurer de ne pas perdre mon casque en sortant, j'ai tiré sur les sangles sur mes jambes et ma poitrine pour vérifier qu'elles étaient bien attachées, et j'ai passé les doigts sur le lacet qui maintenait l'étui de mon arme fermé. J'avais l'impression que ma vessie allait exploser.

"SILENCE POUR LA VÉRIFICATION DU MATÉRIEL."

Le signal commença à l'arrière de l'avion et fut transmis comme un domino par une tape sur le dos et le mot "OK". J'écoutais les Rangers crier à tour de rôle de l'arrière vers l'avant jusqu'à ce que je sente une main me donner une tape sur les côtes, que j'ai ensuite relayée à Remington. Le premier sauteur donna un dernier signal à l'instructeur, qui se retourna et ouvrit la porte en la faisant coulisser vers le haut. L'avion se remplit du grondement assourdissant du vent et des turbopropulseurs, et des nuages de sable pâle entrèrent dans la carlingue. Les Rangers poussèrent des cris d'encouragement lorsque les instructeurs commencèrent à vérifier les portes. La douleur familière causée par la charge de mon parachute et de tout mon équipement commençait à devenir insupportable.

"J'ai une putain d'envie de pisser", cria Remington par-dessus son épaule alors que nous croulions sous le poids écrasant de notre équipement.

"Moi aussi."

Les instructeurs crièrent quelque chose.

"Est-ce qu'ils ont dit une minute ?" demanda Remington.

"Je crois bien."

"*TRENTE SECONDES.*"

"On se voit au sol, Remy."

"Bon saut, Slick."

Je n'ai jamais vu le feu vert s'allumer ni entendu l'ordre "GO". Au lieu de cela, la ligne de sauteurs du côté opposé de l'avion s'est avancée juste avant que ma rangée ne se dirige vers la porte. Nous avons avancé en traînant les pieds, le bruit des moteurs et le cri du vent devenant de plus en plus fort à chaque pas. Des bruits sourds et rythmés accompagnaient la sortie de chaque parachutiste. Remington disparut dans l'obscurité. J'ai donné ma ligne, tourné à droite pour faire face au hurlement de la porte ouverte et sauté dans le ciel noir au-dessus de l'Irak.

3

19 août 2007
Aéroport international de Stewart, New York

Je suis passé par les portes coulissantes en verre du terminal et suis sorti sur le trottoir en plissant les yeux face au soleil de l'après-midi. Un jet blanc gronda à basse altitude lors de son approche finale avant de disparaître au-dessus du bâtiment derrière moi. J'ai passé une main sur mon visage non rasé et ajusté la sangle du sac en nylon sur mon épaule, tout en faisant rouler ma valise sur le trottoir.

Une rangée de voitures tournait au ralenti alors que les autres passagers retrouvaient leurs proches. J'ai enlevé mes lunettes de soleil de mes cheveux mal coiffés et les ai mises sur mon nez. Puis j'ai assisté à une demi-douzaine de retrouvailles joyeuses. Au-delà des voitures, des étudiants portant des T-shirts et des casquettes de West Point se dirigeaient vers une navette qui les attendait. Je venais de remettre mon téléphone dans ma poche après avoir regardé l'heure lorsque le pickup décrépit arriva.

Je l'ai entendu avant de le voir, un Dodge Ram diesel marron avec de nombreux petits dommages à la carrosserie qui n'avaient jamais été réparés. Le métal mis à nu avait ensuite rouillé sous l'œil indifférent d'un ou de plusieurs des trois propriétaires qui avaient conduit la voiture avant l'homme qui était maintenant assis au volant. Le véhicule vrombit devant moi avant que le conducteur n'appuie sur les freins et ne se gare sur une place de parking vide, avant de crier "Dépêche-toi !" par la fenêtre passager.

Je me suis approché de la voiture par-derrière, en voyant la plaque d'immatriculation *321CYA de* New York, avant d'abaisser le hayon branlant et de retirer une bâche bleue couvrant le contenu dans la benne. Après avoir chargé ma valise, j'ai enlevé mon sac à dos et l'ai posé délicatement à côté d'un sac pratiquement identique, mais qui avait trois fois plus d'éraflures rouges que le mien. Après avoir passé le bord de la bâche sous les sacs, j'ai dû claquer le hayon deux fois avant qu'il ne se verrouille. J'ai ensuite tiré sur la poignée de la portière passager pour la forcer à s'ouvrir en grinçant.

Jackson, un petit homme blanc de dix ans mon aîné, me regardait fixement. Ses cheveux blonds touffus et ses pattes encadraient une paire de lunettes de soleil d'aviateur trop grande pour lui.

Il passa la première en disant : "Qu'est-ce qui t'est arrivé, enfoiré ? T'as vraiment une sale gueule. Allez, monte."

Je me suis assis sur le siège en tissu et j'ai claqué la portière derrière moi. Le pickup a fait une embardée, coupant la route à une voiture derrière nous, ce qui nous valut un long klaxon de colère. Jackson me regardait avec une main sur le volant et l'autre sur le levier de vitesses.

"J'ai baisé trois fois ce week-end", dit-il sans détour. "J'ai même pas eu besoin d'utiliser Craigslist. Un nouveau bar a ouvert en face de chez moi vendredi, et la coke c'est comme de l'herbe à chat pour ces gonzesses hispaniques de Harlem. Tu leur dis que t'as de la coke chez toi et elles sortent direct à ton bras."

"Ça coûte pas plus cher d'acheter de la coke que de se payer une pute ?" demandai-je.

"Pas avec mon dealer. Et, sérieux, on dirait que t'as pas dormi depuis une semaine. C'est dur de rentrer à la maison, ou quoi ?"

J'ai laissé ma tête tomber en arrière contre l'appuie-tête, et j'ai regardé le tissu déchiré du plafond. "Sarah et moi avons rompu ce week-end."

Jackson tourna la tête vers moi pour voir mon expression. La voiture commença à rouler sur les bandes rugueuses sur le bord de la route, et il corrigea immédiatement la trajectoire.

"Je suis désolé, mec. Qu'est-ce qui s'est passé ?"

"Elle couchait avec mon meilleur pote."

"Comment tu l'as su ?"

"Il me l'a dit."

"Mais ça partait en couilles depuis un moment, non ? Tu m'as dit que tu n'étais même pas sûr que le mariage aurait lieu. C'était il y a presque un an."

"Ouais. Eh ben, maintenant c'est confirmé, tu peux l'enlever de ton calendrier."

"Tu l'as déjà annoncé à quelqu'un d'autre ?"

"Non. Mais je vais devoir l'expliquer à toutes les personnes que je connais depuis que j'ai quinze ans. Et elle, il faut qu'elle l'annonce à sa famille qui prépare un mariage qui n'aura finalement pas lieu."

"Je n'étais pas prêt à être témoin, de toute façon. Et puis, il te reste quoi, dix mois avant d'être diplômé ?"

"Neuf."

"Moins d'un an. Bref. Et si tu as ton diplôme en 2008, tu devras repartir au combat en 2009. Ce n'est pas si loin."

"Je n'aurais jamais dû partir."

Nous sommes passés sur le pont Newburgh-Beacon, suspendu à une trentaine de mètres au-dessus de l'eau. Je regardais à travers les poutres d'acier la large étendue du fleuve Hudson qui s'étendait vers le sud, avec sa surface ondulante qui reflétait le coucher du soleil en un million de scintillements. Mes yeux se posèrent sur les sommets des collines qui s'assombrissaient devant nous, à la recherche de Ma Bell.

Jackson me donna un coup de poing dans le bras. "Hé, enfoiré. Si tu n'étais pas parti, tu n'aurais jamais fait de parachutisme, et encore moins gagné des médailles à l'université."

"On finit par s'en lasser après quelques centaines de sauts, Jackson."

"Et puis tu ne m'aurais pas rencontré. Et tu n'irais pas là où on va en ce moment."

"C'est vrai", concédai-je.

Il regarda sa montre. "Et maintenant, tu n'es plus qu'à une heure de la possibilité d'une mort imminente. C'est pas si mal, non ?"

"Non."

Il hocha la tête. "Exactement. Alors, lève la tête, David. Le meilleur est devant nous."

Je montais rapidement l'étroite échelle métallique. Le faible cliquetis de mes bottes sur les minces barreaux était entrecoupé par celui des bottes de Jackson qui grimpait en dessous de moi. Le poids de mon sac appuyait contre mon dos, et chaque souffle du vent me donnait des frissons à travers mon T-shirt trempé de sueur, alors que la température commençait à passer sous les vingt degrés. Les barreaux de l'échelle disparaissaient dans un trou de la taille d'un homme dans la grille métallique rouge au-dessus de moi, et au-delà, il n'y avait plus qu'un ciel bleu clair. J'ai plaqué mon corps sur l'échelle, mais j'ai tout de même senti mon sac frotter contre l'étroite ouverture de la plate-forme alors que je me hissais au sommet de Ma Bell.

Le soleil couchant jetait une lueur orange sur les sommets des collines boisées qui nous entouraient, et leurs ombres se rejoignaient dans les vallées entre elles. Le terrain vallonné laissait la place à la plate étendue de saphir de l'Hudson, dont la rive éloignée rejoignait le minuscule groupe de bâtiments en pierre grise de West Point. Le scintillement des lumières du Michie Stadium couronnait le campus depuis une colline adjacente, maintenant distant de plusieurs kilomètres et brillant comme une étoile.

Jackson est descendu de l'échelle et a suivi mon regard. "Et personne à West Point ne sait que tu fais ça ? Même pas ton équipe de parachutisme ?"

"Ça va pas ! Ils virent les gens qui trichent. Je ne pense pas qu'ils voient la violation de propriété d'un très bon œil. Qu'est-ce que tu penses du vent ? Je dirais trois à cinq nœuds du sud-ouest, avec des rafales à huit." J'ai pris le sac sur mon dos et je l'ai posé sur le sol, puis je me suis agenouillé à côté pour ouvrir le cordon.

"Les rafales sont au moins à dix nœuds", répondit-il, en enlevant son propre sac de son dos. "C'est toujours mieux que la dernière fois en ville."

J'ai sorti un sac-harnais de parachute de mon sac et commencé à inspecter mon matériel. "En parlant de ça", dis-je, "je vais avoir trois jours de repos pour la fête du travail. Qu'est-ce que tu dirais d'aller faire un tour dans le Bronx ? J'ai besoin de sauter de plus de bâtiments pour me faire de l'expérience."

Jackson m'a ignoré, préférant vérifier son propre parachute avant de passer son harnais sur ses épaules. J'ai fait de même, puis j'ai passé les cuissardes avant d'attacher la sangle de poitrine et de la resserrer. Après nous être équipés, nous avons plié nos sacs de rangement et les avons mis dans nos poches.

"Laisse-moi vérifier", dit-il en effectuant une rapide inspection de mon parachute. "C'est bon. À ton tour."

"Pourquoi tu ne me réponds pas pour la fête du travail ?"

"Dépêche-toi de vérifier. Je commence à avoir froid."

J'ai examiné son harnais sous toutes les coutures, et terminé mon inspection par une tape sur l'épaule. "C'est bon. Et pour le week-end de la fête du travail ?"

Il s'est tourné vers moi. "Tu dois bien avoir des trucs d'étudiant à faire."

"Non. Mon coloc m'a invité à aller chez lui à Philadelphie, mais je lui ai dit que j'allais sauter, alors je suis totalement libre."

"Dis-lui que t'aimerais bien aller avec lui."

"Pourquoi ? Si t'as des trucs à faire, je peux toujours venir ici tout seul, ou voir si Nick peut me rejoindre et..."

"David, tu viens de larguer ta copine. Va à Philadelphie et bourre-toi la gueule avec tes potes. Va draguer des gonzesses. Comporte-toi comme un étudiant pendant quelques jours."

"Je peux me bourrer la gueule avec toi."

"Tu passes tout ton temps libre à traîner avec des accros à l'adrénaline, mais en vérité, on est tous aussi à la masse que toi. T'as besoin d'une pause. Tu sais que j'ai raison. Tu veux que je te rappelle l'histoire des boucles ?"

"Non", dis-je d'un ton sec.

"Parlons des boucles une minute..."

"Bon, OK, je vais aller à Philadelphie et perdre mon temps à boire de la bière et à écouter des connards parler de sport."

"Bien. Trois."

"Mais le week-end suivant, tu m'emmèneras aux tours de l'exposition universelle dans le Queens."

"OK. Deux."

"Et peut-être aussi à la tour de Harlem River."

"N'en demande pas trop. Un."

"On se voit en bas, Jackson."

"À plus". Il s'est retourné et a fait trois pas avant de sauter du bord de la plate-forme.

Il tomba pendant une seconde avant de tendre le bras pour lancer son extracteur. Celui-ci se gonfla immédiatement et tira sur la longue drisse qui permit de faire sortir la voile du sac. Son parachute principal se déploya en un rectangle noir dans un grand fracas, et Jackson effectua immédiatement un virage à droite très serré vers l'aire d'atterrissage. Il s'aligna avec l'étroite bande d'herbe que nous avions traversée après avoir quitté les bois, puis atterrit et tira son parachute sur le sol.

Je me suis avancé à mon tour jusqu'au bord de la plate-forme.

Le bout de mes bottes était au-dessus du vide, alors que je laissais la peur me submerger en silence par vagues successives. Seul au milieu de la structure de l'antenne balayée par le vent, et au-dessus des douloureuses réalités de ma vie que j'avais laissées au sol lorsque j'avais commencé à grimper, j'avais trouvé le seul endroit au monde où je pouvais me vider la tête. Toutes les batailles mentales de la journée n'avaient aucune prise sur moi dans cet environnement solitaire. L'histoire avec Sarah n'avait plus aucune importance sur la plate-forme supérieure de Ma Bell. Mon esprit était uniquement concentré sur mon existence même, et l'éventuelle fin de celle-ci.

J'ai pris une dernière inspiration. "Trois... deux... un... ciao", dis-je, en sautant du bord.

J'ai plongé dans le vide et vu la cime des arbres approcher à mesure que ma vitesse augmentait. Mes sens étaient en feu. Mon esprit et mon corps me criaient que ma mort était imminente. Au bout d'une seconde, j'ai saisi mon extracteur. J'ai laissé s'écouler une autre longue seconde et demie avant de le lancer sur le côté. La proximité des arbres me donna l'impression que l'impact était inévitable avant que mon parachute ne s'ouvre en me secouant et que je saisisse les commandes.

Un léger vent arrière me poussa au-dessus des arbres et m'éloigna de la zone d'atterrissage alors que j'étais en plein virage à droite. Après m'être aligné sur le point d'atterrissage prévu, j'ai continué à descendre vers la silhouette de Jackson. J'ai tiré les commandes à hauteur d'épaule pour perdre de la hauteur et le sifflement du vent dans mes oreilles se calmait à mesure que je ralentissais. J'ai effectué mon arrondi en baissant les mains au niveau de la taille en approchant du sol, et j'ai atterri en douceur à quelques mètres de Jackson avant d'affaler mon parachute.

Jackson détacha sa sangle de poitrine et me regarda en levant les sourcils. "Tu commences à ouvrir plutôt bas, mon salaud. Souviens-toi que si tu te plantes, c'est moi qui dois gérer le truc après."

J'ai levé les yeux vers Ma Bell. La structure composée de poutres métalliques rouges et blanches s'élevait dans le ciel bleu cristallin, et devenait de plus en plus étroite jusqu'à atteindre la plate-forme carrée qui dominait à plus de cent mètres au-dessus de nous. Un grand sourire illuminait mon visage alors que la montée d'adrénaline se mêlait à l'euphorie de l'atterrissage réussi. Sauter en BASE jump, c'était comme se tuer et se relever. La mort et la résurrection combinées en quelques précieuses secondes qui rendaient tout le reste de la vie supportable.

Il me regardait toujours, attendant une réponse.

"C'est vrai, Jackson. Mais on a bien le droit d'être un peu égoïste de temps en temps."

4

1er septembre 2007
Devon, Pennsylvanie

Je me suis réveillé dans l'obscurité, comme toujours.

Pas de rêves, pas de réveil en sursaut dû à des bruits réels ou perçus comme c'était le cas pour beaucoup d'anciens combattants. Je ne me souvenais pas m'être déjà réveillé comme ça, en une fraction de seconde, pleinement alerte et conscient, avant mes missions en Afghanistan et en Irak. Les réveils brusques n'étaient que la deuxième chose la plus marquante que j'avais ramenée des combats. La première étant les acouphènes. Un sifflement aigu constant dans les oreilles accompagné d'une diminution permanente de l'ouïe. J'entendais un son grave et répétitif se mélanger aux acouphènes. J'ai fini par reconnaître qu'il s'agissait d'un ronflement.

Je me suis assis sur le matelas gonflable, alors que mes yeux essayaient de distinguer les corps des deux autres personnes dans la pièce. L'un d'eux dormait sur un lit simple, l'autre sur un second matelas gonflable. J'ai retiré la fine couverture qui me couvrait jusqu'à la taille, je me suis levé et j'ai longé le mur jusqu'au sac à dos qui me servait de kit de survie pour l'inévitable. J'ai mis une bretelle sur mon épaule, j'ai ouvert la porte et je me suis glissé discrètement hors de la pièce.

Une fois dans le couloir, j'ai regardé à travers une fenêtre au-dessus de la porte d'entrée et vu des rangées de maisons cossues bordant la large rue d'un lotissement de Philadelphie, et des lumières au sol qui illuminaient des piscines et des arbustes soigneusement taillés. Je suis passé devant une salle de bain ouverte et devant plusieurs autres portes fermées, avant de descendre les escaliers pieds nus.

Je suis passé devant la porte d'entrée, puis je suis entré dans la cuisine sombre en tâtonnant pour trouver l'interrupteur.

J'ai pris un verre dans une armoire près de l'évier et je l'ai rempli d'un tiers de glaçons avant de poser mon sac par terre et de m'asseoir à la table de la salle à manger. J'ai sorti mon ordinateur portable et l'ai allumé, puis j'ai sorti une bouteille de Woodford Reserve et m'en suis versé une bonne rasade, sans prendre la peine de remettre le bouchon.

J'ai ouvert un nouveau document Word sur l'ordinateur et j'ai regardé le curseur noir clignoter sur la page blanche. J'ai soulevé le verre devant mon visage en le faisant légèrement tourner pour faire circuler le bourbon autour des glaçons, tout en respirant ses notes parfumées d'épices et de vanille avant d'en prendre une longue gorgée. Puis j'ai posé le bout de mes doigts sur les touches.

Soudain, j'ai entendu un bruit de clés à l'extérieur de la porte d'entrée, suivi du *claquement* du verrou. Je me suis levé de ma chaise et me suis rendu dans l'entrée, juste à temps pour voir la porte s'ouvrir. Une silhouette se dressait dans l'embrasure.

"Euh, salut. T'es qui ?" demanda-t-elle.

Je suis resté figé un instant. La fille était vêtue d'un T-shirt ample et d'un pantalon de survêtement qui se terminait par une paire de mocassins à fourrure. La sangle d'un sac de sport passait entre ses seins, et elle tenait un autre sac de sport dans une main alors qu'elle mettait ses clés dans sa poche de l'autre.

"Je suis un pote de ton frère."

"Ah oui, c'est vrai, désolée. Je viens de conduire quatre heures. La circulation des vacances était horrible."

"Pour ta défense, ça pourrait être une ruse très élaborée de ma part pour cambrioler la maison." Je me suis approché d'elle et j'ai pris le sac de sa main. "Laisse-moi t'aider à porter ton sac."

"Je peux m'en occuper."

"Non. J'insiste."

Elle souffla une mèche de cheveux blonds qu'elle avait devant le visage avant de me donner le sac. Alors que je mettais la sangle sur mon épaule, elle balaya ses cheveux en arrière avec ses doigts et se redressa.

"Je m'appelle Laila", dit-elle.

"David. Où tu veux que je le mette ?"

"Ma chambre est en haut. Merci." Elle ferma la porte à clé derrière elle et se dirigea vers les marches, mais elle s'arrêta à l'entrée de la salle à manger. "Qu'est-ce que tu fais là-bas ?"

J'ai regardé mon ordinateur portable ouvert et la bouteille de bourbon. "Je fais mes devoirs."

"À une heure du matin, en buvant ?"

"Ça m'aide à réfléchir."

"T'as pas de livres ?"

J'ai tapoté ma tempe avec deux doigts. "Tout est là-dedans."

Elle a haussé les épaules avec indifférence, puis a monté les escaliers.

"Ma chambre est là", dit-elle en ouvrant une porte et en s'écartant.

J'ai posé son sac sur le sol de la chambre, en jetant un coup d'œil sur les peluches disposées en rangs sur son lit sous un fanion de lycée. Sur la commode, un grand cadre contenait une photo d'adolescentes en short de course vert, se tenant par le cou. Puis je suis sorti de la chambre.

Elle me regardait avec ses yeux verts clairs. "Tous les autres dorment déjà ? Je pensais que vous seriez encore en train de faire la fête à cette heure-là."

"On a commencé tôt", répondis-je.

"Aucun d'entre vous ne survivrait dans l'Ohio."

"Je sais. Officiellement, on n'a pas souvent l'occasion de boire à West Point."

"Alors pourquoi tu y vas encore ?"

"J'ai dit officiellement."

"Attends, t'es le coloc de Steve, non ?"

"Ouais."

"Alors tu dois être le fameux Rivers, qui cache son alcool dans les salles de classe."

"C'est possible."

Elle se mit à rire. "Il m'a beaucoup parlé de toi."

"Qu'est-ce qu'il a dit ?"

"Que t'avais tiré sur des gens à l'étranger et que t'en avais rien à foutre de West Point. Et que tu passais ton temps à sauter d'hélicoptères. C'est vrai ?"

"Pas complètement. Je saute aussi d'avions."

Son téléphone sonna. Elle le sortit de sa poche et regarda l'écran. "Oh, c'est Peter. Je devais l'appeler pour lui dire que j'étais arrivée. Il faut que j'y aille."

"Peter ?"

"Mon copain. À plus."

"OK. Bonne nuit, Laila."

"Bonne nuit, Rivers."

Je suis retourné dans la salle à manger et me suis assis pour écrire, mais les mots ne venaient pas. J'ai bu mon verre de bourbon en me penchant en arrière sur ma chaise, puis je m'en suis versé un autre, avant de reposer mes doigts sur le clavier. Le curseur continuait à clignoter, attendant mes instructions pour commencer à traverser l'écran en laissant une traînée de lettres dans son sillage.

Une heure et deux autres verres de bourbon plus tard, les mots ne venaient toujours pas.

J'ai entendu des pas descendre les escaliers et j'ai vu Laila apparaître dans l'entrée. "Comment se passent ces devoirs ?" demanda-t-elle.

"Pas terrible."

"Si ça peut te consoler, je n'arrive pas à dormir. J'ai bu trop de café sur la route."

J'ai fait un petit signe de tête vers la bouteille de Woodford. "Tu veux un verre ?"

"Peter serait ravi de savoir ça."

"Ton secret est bien gardé avec moi. Allez, montre-moi comment vous faites dans l'Ohio."

Elle céda et sourit sans rien dire, avant d'aller chercher un verre rempli de glaçons dans la cuisine et de s'asseoir en face de moi. Elle se versa une double dose et leva son verre.

"À notre secret", dis-je en faisant tinter mon verre contre le sien, avant que nous prenions tous les deux une gorgée.

"Je suis surprise que tu sois venu ici avec Steve. Il m'a dit qu'il te proposait à chaque fois, mais que tu n'acceptais jamais."

"Je suis généralement assez occupé."

"À essayer de faire boire les filles ?"

"Honnêtement, tu es la première."

"Vraiment ? Et t'es en quatrième année ?"

"Je te jure."

"J'ai du mal à te croire."

J'ai soupiré en regardant le bourbon qui restait dans mon verre. "Jusqu'à il y a quelques semaines, j'avais une fiancée avec qui j'étais depuis huit ans. Puis j'ai découvert qu'elle couchait avec mon meilleur pote depuis que je suis dans l'armée. Maintenant, je passe la plupart de mon temps libre à faire du BASE jump. Alors, pour être honnête, je ne m'intéresse pas beaucoup aux filles à l'université."

"C'est quoi le BASE jump ?"

"Je passe beaucoup de temps à entrer par effraction dans des bâtiments ou à escalader des antennes d'où sauter. Je me fais parfois courser par les flics, et j'ai failli me tuer plusieurs fois. J'ai été arrêté après avoir sauté d'une chute d'eau et mon école a failli le découvrir. Mon parachute s'est mal ouvert et j'ai percuté le côté d'une antenne il y a quelques semaines. J'ai dû escalader une vingtaine de mètres pour récupérer mon parachute. C'est ça le BASE jump."

"Mon frère sait que tu fais ça ?"

"Non. Personne ne sait."

"Alors pourquoi tu me le dis ?"

"Je sais pas."

Elle hocha la tête. "Tu n'es pas le seul à avoir des problèmes. Je suis sûr que tu es au courant pour mon père."

"Non."

"Steve ne t'a jamais dit ?"

"Steve ne parle pas beaucoup de sa famille, à vrai dire."

"On avait une maison en ville quand mon père travaillait chez McKinsey. Il avait un bureau à l'étage qu'il gardait habituellement fermé à clé. Mais parfois, il oubliait de fermer. Et chaque fois qu'il oubliait, Steve et moi, on y allait en douce avant qu'il rentre du boulot. Il avait plein de trucs cool qu'il avait ramenés de ses voyages autour du monde. Des masques africains, des éléphants d'Inde décorés, et d'autres trucs comme ça. On s'asseyait dans cette vieille chaise à roulettes en cuir qu'il adorait, et on s'amusait à se faire tourner dedans.

"Un jour, Steve a été renvoyé de l'école avant que ma mère ne rentre. Il est monté et a vu que la porte du bureau n'était pas fermée, alors il est entré. Mon père était assis sur sa chaise, face à la porte. Et il s'était... il s'était tiré une balle avec un revolver que ma mère pensait qu'il avait vendu quand elle était enceinte de Steve."

"Je suis désolé. Je ne savais pas."

"On a fait des séances de psychothérapie familiale qui nous ont un peu aidés. Mais d'une certaine manière, le plus dur dans tout ça, ça n'a pas été de le perdre."

"Qu'est-ce que c'était ?"

"Le plus dur", dit-elle en regardant fixement la table, le verre de bourbon à la main, "c'est qu'on a jamais su pourquoi il avait fait ça. Il n'avait aucun problème avec ma mère, ni au travail. On n'était pas riches, mais on s'en sortait bien. On n'a jamais découvert la raison. Il est juste... parti."

Son téléphone sonna. "C'est encore Peter", dit-elle en regardant. "Il est à l'heure de l'Illinois. Il m'appelle quand il sort boire, mais il ne pense pas que c'est une heure plus tard ici. Les joies d'une relation longue distance."

"Fais semblant de dormir", proposai-je.

Elle me regarda en levant les sourcils. "Il est déjà assez jaloux comme ça. Pas besoin de l'énerver."

"Merci d'avoir bu avec moi", dis-je en levant mon verre.

Elle leva son verre et le fit tinter contre le mien. "À notre secret."

Après avoir pris une dernière gorgée, elle s'est levée et est sortie de la pièce. J'ai entendu ses pas s'éloigner, puis le bruit de la porte se refermant à l'étage.

5

22 février 2008
Garrison, New York

J'ai poussé la porte et Laila s'est précipitée à l'intérieur pour échapper au froid, et a jeté son sac à main sur le lit défait. J'ai fermé la porte derrière moi, posé la carte magnétique sur la table d'appoint et je l'ai regardé enlever son manteau. Elle portait une robe violette qui descendait jusqu'aux genoux, et qui laissait apparaître ses mollets musclés par la course à pied.

"Qu'est-ce que tu regardes, Rivers ?" demanda-t-elle.

"Je profite juste de la vue."

"Le balcon est là-bas si tu veux une belle vue. Tu me traites comme un objet."

Je me suis approché de la porte coulissante en verre et j'ai fait un geste vers la lune qui brillait dans le ciel nocturne dégagé. "Un bal de gala, une chambre dans un hôtel de luxe, et une pleine lune... Il gère plutôt pas mal ton petit copain, non ?"

Elle s'est assise sur le matelas et s'est penchée pour détacher les sangles de ses chaussures à talon, exposant son décolleté au passage. Elle me regardait avec ses yeux verts électriques pendait qu'elle enlevait ses chaussures.

"Qu'est-ce que tu veux que je réponde à ça ?" dit-elle. "Si on ne couchait pas déjà ensemble, c'est sûrement ce soir qu'on aurait concrétisé."

"Vois le bon côté des choses", ajoutai-je. "Ça fait un banquet de West Point de moins auquel on doit assister."

"Ton école adore les réceptions officielles. Tu sais ce qu'on fait dans l'Ohio quand il reste cent jours avant la remise des diplômes ?"

"Non, quoi ?"

"Rien. Mais vous en faites tout un plat avec des orateurs distingués et tout le tralala." Elle se leva et me tourna le dos, puis me regarda par-dessus son épaule. "Descends ma fermeture éclair maintenant, s'il te plaît."

"Avec plaisir", dis-je en faisant un pas vers elle. J'ai descendu la fermeture éclair jusqu'en bas de son dos, en respirant un mélange enivrant de laque et de parfum, avant de faire glisser les bretelles de ses fines épaules et de l'embrasser dans le cou.

Elle pencha sa tête en arrière, faisant couler une cascade de cheveux blonds bouclés sur mon épaule et me regarda entre ses longs cils. "T'as besoin d'aide pour enlever ton déguisement ?"

J'ai regardé le haut de l'uniforme en laine, avec ses trois rangées verticales de boutons en laiton, sous un col court et rigide.

"Je te remercie, mais ça va aller."

Son téléphone sonna à ce moment.

"Merde", dit-elle en soupirant, "c'est probablement ma mère."

"Pourquoi est-ce qu'elle appellerait à minuit ?"

"Je sais pas." Elle s'empressa de remettre une bretelle sur son épaule d'une main et de prendre son sac à main de l'autre. Elle prit son téléphone, regarda l'écran et se figea.

"Qu'est-ce que tu veux, putain ?" dit-elle en mettant le téléphone à son oreille.

Puis elle resta parfaitement immobile pendant dix ou quinze secondes.

J'ai posé une paume sur son épaule, mais elle l'enleva immédiatement.

"Va te faire foutre", dit-elle dans le téléphone. "Tu es la pire erreur que j'ai jamais faite, espèce de grosse merde." Puis elle jeta le téléphone sur le matelas et se blottit contre moi en sanglotant.

"C'était lui", dit-elle en pleurant.

"Qu'est-ce qu'il a dit ?"

"Il est bourré. Mais il a dit..." Ses larmes interrompirent sa phrase.

"Il a dit quoi ?"

"Il a dit que mon père s'était suicidé parce qu'il avait honte de moi, et qu'il brûlait en enfer..."

"Je suis désolé, mon bébé."

"Laisse-moi souffler une minute, David."

"Prends tout le temps qu'il te faudra."

Elle repoussa ma poitrine et alla dans la salle de bain, en fermant la porte derrière elle. Pendant qu'elle pleurait, j'ai pris son téléphone et j'ai copié le numéro du dernier appel dans mon propre téléphone.

Puis je me suis dirigé vers la baie vitrée et je suis sorti dans la nuit glaciale, en refermant la porte derrière moi et en jetant un autre regard sur la salle de bain avant de composer le numéro. J'ai foulé l'épais tapis de neige vierge jusqu'à la balustrade du balcon, en attendant qu'il décroche, tandis que je regardais la cime des arbres qui bordaient le fleuve Hudson. Le paysage tout entier était couvert d'un manteau blanc brillant au clair de lune. Il décrocha après trois sonneries.

"C'est qui ?" demanda-t-il d'une voix qui ne laissait aucun doute sur son état d'ivresse.

"Salut Peter. C'est David Rivers."

"Quoi de neuf, connard ? Je me doutais que t'allais m'appeler."

"T'avais raison."

"T'appelles pour me menacer ?"

"Pourquoi je te menacerais, Peter ?"

"Parce que tu ne veux pas que j'appelle ta salope. Mais elle était à moi en premier."

"Elle va changer son numéro demain. Mais pas moi. Et je te promets, Peter," — j'ai mis mon pouce et mon index sur ma gorge pour ouvrir le col raide de mon uniforme — "tu peux m'appeler quand tu veux."

"Tu parles comme un pédé. Dis à cette pute que son père a eu ce qu'il méritait."

"Parce qu'il s'est suicidé ?"

"Comme un putain de lâche."

"Peter, après ce que tu as dit ce soir, je pense que tu devrais sérieusement envisager cette option, toi aussi."

"Tu ne me connais pas, pauvre fiotte."

"Je commence à me faire une assez bonne idée de toi. Te suicider serait la chose la plus honorable que tu puisses faire."

"Non, ce serait te casser la gueule. C'est ce que tu mérites pour m'avoir volé cette chienne. Mais je m'en tape, maintenant."

"Vraiment ?"

"Tu sais quoi ? Va te faire foutre. Amuse-toi bien avec ta pute, et dis-lui qu'elle ne m'oubliera jamais parce que j'étais le meilleur coup qu'elle ait jamais eu."

"Je ne t'oublierai pas non plus, Peter."

"Ouais, c'est ça, connard. Tu crois que j'ai peur de toi ? Si tu veux me voir d'homme à homme, je te donnerai mon adresse. Mais j'ai des flingues, et mes potes aussi, alors si tu viens dans l'Illinois, prépare-toi bien."

Il raccrocha.

J'ai mis le téléphone dans ma poche, en prenant une grande inspiration. Puis j'ai relâché une lente expiration dans l'air glacé, et le nuage de vapeur qui s'est formé m'a bloqué la vue et caché les collines lointaines pendant un bref instant.

6

6 avril 2008
Garrison, New York

Je traversais le parking sous une légère bruine, en regardant de l'autre côté de la clôture, là où le terrain descendait vers l'eau. Par temps clair, la vue se prolongeait jusqu'à Storm King Mountain, mais une épaisse couverture de brouillard matinal planait sur le paysage, ne laissant entrevoir que des aperçus intermittents d'arbres d'un vert éclatant sous un ciel de la couleur de la roche argileuse.

Je suis passé devant trois portes avant de m'arrêter devant notre chambre. J'ai pris le plateau en carton contenant deux grandes tasses de café dans ma main gauche et j'ai glissé ma main droite dans ma poche pour en sortir ma clé magnétique. Je l'ai fait glisser dans la fente et je suis entré.

Laila était face à moi, en train de finir de faire son sac sur le lit.

"Tu t'es levé tôt", dis-je, en jetant la carte sur la table d'appoint et en posant les cafés. "On n'est pas obligés de partir avant midi."

Elle se tourna vers moi, les yeux larmoyants et injectés de sang.

"Qu'est-ce qui s'est passé ?"

"C'est ce que tu as fait après que je me sois endormie, David ?" Elle pointa un doigt vers mon ordinateur portable ouvert sur le bureau dans un coin de la pièce. "Tu m'as dit que tu faisais tes putains de devoirs !"

"Laila, je ne sais pas ce que tu as lu, mais..."

"Il y a près d'une centaine de pages, David. La moitié parle du fait que tu te sois presque tué en parachute, et l'autre moitié parle de ton envie de te tuer avec un flingue."

Je me suis approché d'elle, mais elle a mis ses mains en avant. "Ne me touche pas, David. Je ne supporterai pas ça, après ce qui est arrivé à mon père."

"Tu n'étais pas censée lire ça."

"C'est tout ce que tu as à dire ? Tu sais ce que ça fait quand quelqu'un que tu aimes se suicide ?"

"J'aurais préféré que tu ne fouilles pas dans mon ordinateur, Laila."

"C'est fini entre nous, David." Elle a pris son sac et est passée devant moi en direction de la porte.

Je me suis retourné pour lui faire face et j'ai crié : "Tu crois que j'ai envie d'être comme ça ? Tu crois que je n'ai pas envie d'être normal ? Je n'ai pas eu le choix, et je ne peux rien faire à part écrire. Tu crois que je ne sais pas comment ça va se terminer pour moi ?"

"On a tous le choix, David", chuchota-t-elle. "Mais je ne serai pas là quand tu feras le mauvais choix."

Puis elle s'est retournée et est sortie, laissant la porte se refermer derrière elle.

J'ai pris une grande inspiration et j'ai retenu mon souffle en passant la main sur mon cuir chevelu, puis j'ai serré le poing et j'ai lentement expiré. Je me suis dirigé vers le bureau et je me suis assis en face de l'ordinateur. Le curseur clignotait encore où je l'avais laissé la nuit précédente.

Cela me met toujours en colère d'entendre les gens dire que le suicide est un acte égoïste.

Voici ce que c'est pour moi : vous êtes enfermé dans une cabine téléphonique avec un homme énorme qui fait crisser ses ongles sur un tableau noir. Le son strident étouffe tout le reste, vous glace le sang et vous pousse à bout. Vous ne pouvez pas vous boucher les oreilles, vous ne pouvez pas lui dire d'arrêter ; il est sourd, aveugle et muet et il n'abandonnera pas à moins que vous ne l'y obligiez. Juste au moment où vous donnez un coup de poing pour le frapper au visage, les membres de votre famille, vos amis qui vous veulent du bien et les soi-disant spécialistes accourent sur le trottoir et tapent sur la vitre insonorisée de la cabine téléphonique en criant : "NE LE TOUCHE PAS ! Ce serait un acte égoïste !"

Évidemment que ce serait un acte égoïste. Qu'est-ce que ça pourrait être d'autre ? Pourquoi le feriez-vous, si ce n'est pour obtenir l'approbation de quelqu'un d'autre ? Qui sont ces gens pour vous dire ce que vous ne devez pas faire, alors qu'ils n'ont aucune idée de ce que vous entendez ? Eux — le reste du monde ; peu importe qu'ils soient biologiquement liés à vous ou non — mènent une vie heureuse, satisfaits de leur télévision et de leurs réseaux sociaux, en allant à la maison ou au bureau. Ces gens à l'extérieur n'ont jamais été piégés dans la cabine. Ils n'ont aucune idée de ce que vous entendez, de ce qui remplit votre esprit à chaque seconde qui passe contre votre volonté, et ils essaient de vous juger parce que votre acte aura un effet négatif sur leur vie heureuse — ils pourraient rater un épisode de leur série à cause de cela, ils pourraient ne pas pouvoir dormir. Comment osez-vous les déranger ?

Qu'en est-il de votre famille ? La famille n'a rien à voir là-dedans. Ils ne sont pas dans la cabine téléphonique, ils sont dehors, en plein air et au soleil. Ils pensent peut-être qu'ils peuvent comprendre ce que vous entendez parce qu'ils vous voient à travers la vitre, mais ce n'est pas le cas. Ils n'ont jamais été à l'intérieur de la cabine, et ne le seront jamais. Il arrive qu'une de ces personnes à l'extérieur fasse une tentative de suicide. Ils finissent souvent par le regretter, et ils sont beaucoup plus nombreux à survivre qu'à mourir. S'ils survivent, ils passeront le reste de leur vie à dire qu'ils étaient "à deux doigts de se suicider". Ils auront l'impression qu'on leur a donné une seconde chance, ils remercieront un dieu de leur choix de leur avoir donné un nouveau souffle. Ils n'ont jamais été dans la cabine non plus.

Mais les passants dans la rue les montreront du doigt et diront, à travers la vitre : "Vous voyez ? Vous voyez comme c'était égoïste ? Nous aurions pu les aider à faire face à ce problème difficile si seulement ils nous avaient parlé !"

Les personnes qui ont été dans la cabine, coincées dans l'espace clos avec ce bruit horrible, qui ont armé leur poing, ne serait-ce qu'un instant, même si elles n'ont pas encore donné ce coup de poing et même si elles ne le feront jamais, se comprennent entre elles. Elles n'en parleront peut-être jamais, et leurs familles — celles pour lesquelles ils ne sont pas censés donner ce coup de poing — n'ont probablement aucune d'idée qu'elles sont dans cette putain de cabine.

La vérité est que c'est, et doit être, un acte égoïste. Parce que personne à l'extérieur n'entend ce que vous entendez et ne comprend pourquoi vous voulez frapper ce type au visage pour le faire arrêter. Chaque choix important dans la vie est un acte égoïste, alors pourquoi pas la mort aussi ?

Si vous n'avez pas vécu ça, vous ne comprendrez jamais. Si vous êtes passé par là, vous comprendrez. C'est aussi simple que cela. Le prix à payer pour pouvoir le décrire est de l'avoir vécu. C'est comme si les consommateurs de drogue se défonçaient pour voir l'autre côté. Ils dépensent de l'argent et prennent des risques médicaux et juridiques pour en avoir un aperçu. Sauf qu'avec l'obscurité, l'aperçu que vous avez n'est ni l'euphorie, ni la béatitude, ni une inspiration hallucinogène — ce que vous voyez de l'autre côté est un monde terrible, sombre et tordu, et vous ne pouvez pas en sortir. Vous n'avez même pas choisi d'y aller. Vous n'avez rien fait de différent, mais votre environnement a commencé à paraître un peu plus déformé chaque matin, et puis un jour vous vous êtes réveillé et vous étiez là.

Les consommateurs de drogue reviennent de leur voyage en sachant ce qu'est un trip d'acide ou d'héroïne. Les gens de l'ombre reviennent en étant capables de décrire ce qu'ils ont vu et ressenti ; des choses qu'ils n'auraient jamais pu imaginer s'ils n'y avaient pas été. Ou alors, ils peuvent ne pas revenir du tout. Il se peut qu'ils ne partent jamais. Même si vous ne l'avez jamais voulu, l'obscurité crée une dépendance ; c'est une drogue qui vous choisit.

L'obscurité est très difficile à briser et nécessitera très probablement une intervention de l'extérieur, bien que dans la plupart des cas, cette "intervention" ne sait pas qu'elle intervient — elle peut simplement faire diversion par accident. L'intervention peut être une personne ou un événement, et vous n'avez pas le pouvoir de la faire venir à vous. Elle peut venir ou ne pas venir. Il se peut que vous soyez sauvé ou que vous ne le soyez pas.

Certains retournent dans le monde extérieur et peuvent parler de ce qu'ils ont ressenti à l'intérieur de la cabine, alors que d'autres n'en reviennent jamais.

Jackson mit sa bière sur la table entre nous et jeta un coup d'œil par la fenêtre vers la marina de l'Hudson River, obscurcie par la pluie à la tombée de la nuit. D'autres buveurs commençaient à affluer au Front Street Bar de Newburgh, mais Jackson et moi en étions à notre troisième tournée quand les lumières ont été tamisées en prévision de l'afflux de clients après le dîner.

"C'est pas si grave que ça, mec", dit-il par-dessus la musique rock qui sortait des haut-parleurs du plafond.

"Jackson, cette fille était parfaite."

Il attendit qu'un couple qui riait bruyamment passe devant

notre table avant de répondre : "Dans combien de temps t'as ton diplôme ?"

"Un mois. Tu le sais bien."

"Et combien de temps va durer ton prochain déploiement en Irak ou en Afghanistan ?"

"Un an. Peut-être plus."

"Tu penses qu'une fille comme ça va t'attendre ?"

"Probablement pas, mais..."

"Si elle avait pas lu tes conneries aujourd'hui, elle aurait fini par le faire. Valérie a lu mes e-mails en piratant mon mot de passe avec un programme qu'elle a acheté pour quarante dollars. T'imagines même pas à quel point mes e-mails sont crus et à combien de meufs j'en ai envoyé."

"Je n'ai jamais trompé Laila", dis-je en mettant mon verre de bourbon de côté.

"Non, tu n'es qu'un écrivain suicidaire et alcoolique. C'est probablement pire."

"Elle ne le savait pas."

"Personne ne veut vieillir, et aucun de nous deux ne deviendra vieux. Arrête de stresser pour ça. Tu pourrais faire un cratère au prochain saut."

"On se fait la tour électrique ce soir ?"

"Même si le vent n'était pas trop fort, il pleut des cordes."

"La pluie est censée s'arrêter plus tard."

"Écoute, je n'essaie pas de te dire quoi faire. Je ne m'y connais pas assez en arcs électriques, et il faudrait que je fasse des recherches, mais si tu veux grimper à côté de lignes à haute tension sous la pluie et par une nuit sans lune, je pense qu'il vaut peut-être mieux attendre."

"Je parie que Nick le ferait avec moi."

"Nick le gay ou Nick le cowboy ?"

"Nick le cowboy."

"Il part demain pour un voyage en Norvège. Bonne chance."

"Drew, alors."

"Sa voile est toujours en réparation depuis le saut de l'église."

"On pourrait faire Ma Bell..."

"David, tu te souviens de la dernière fois où tu ne m'as pas écouté ?"

Je me suis tourné pour regarder l'aquarium qui s'étendait sur toute la longueur du bar, à l'intérieur duquel les poissons et le corail changeaient de couleur sous les lumières ondulantes. "Non."

"Non seulement tu n'as pas toujours raison, mais tu as généralement tort."

"Tu ne peux pas me parler des boucles à chaque fois que tu veux me prouver que tu as raison."

"Je peux et je ne vais pas m'en priver", déclara-t-il sur un ton défiant. "Je t'ai dit de desserrer les boucles de verrouillage de ta voile pour que ton extracteur soit efficace, mais t'as préféré écouter les précieuses recommandations de ton fabricant."

"Tout ce que je savais sur toi à l'époque, c'est que ton portefeuille financier se composait de cocaïne et de prostituées. Évidemment que j'ai écouté le fabricant..."

"Et puis sur la tour de Harlem River, t'as failli t'écraser avant que ton parachute ne s'ouvre. Je me suis tourné vers Ryan et j'ai dit : 'Mec, il va taper', et j'ai eu le temps de dire ça avant que tes aiguilles pètent."

"Les boucles étaient une erreur", ripostai-je. "On en a déjà parlé."

"T'avais le droit d'être énervé pour Sarah parce que t'étais avec elle depuis huit ans. Mais t'étais avec Laila depuis combien de temps ? Huit mois ?"

"Tu l'as vue, Jackson. Elle était parfaite."

"Mais pas nous. J'ai quelques années de plus que toi. Il va falloir que tu t'y habitues. Avec tous les sauts qu'on fait et les risques qu'on prend, rien que de trouver quelqu'un avec qui coucher régulièrement pendant quelques mois est déjà une victoire. Tu te souviens comment je t'envoyais chier après tes premiers cours de BASE jump il y a quelques années ?"

"Ouais."

"Je pensais que tu perdrais ta motivation jusqu'à ce que tu sois sur le point d'escalader des trucs et de sauter tout seul. Tu sais pourquoi je t'ai emmené à Ma Bell la première fois ?"

"Parce que tu te souciais de mon bien-être émotionnel ?"

"Ça risque pas. Je ne te connaissais pas et je m'en foutais. Mais t'aurais fini par te planter en sautant tout seul, et ça aurait porté préjudice au reste de la communauté. C'est ça ton problème : tu insistes même quand tu ne devrais pas. Tu es dans une école que tu détestes parce qu'on t'a dit que tu ne serais pas accepté quand tu as postulé la première fois. Tu n'as pas quitté Sarah, même quand c'est devenu une putain de connasse qui a commencé à te traiter comme une merde. Et en plus, c'était bien avant que tu découvres qu'elle te trompait. Est-ce qu'on peut lui en vouloir ? Tu l'as vue une fois tous les quelques mois pendant presque cinq ans. Et maintenant tu t'accroches à une fille qui s'est littéralement enfuie à la seconde où elle a découvert qui tu étais vraiment. Laisse-la partir."

"Je suis juste putain de brisé, Jackson."

"On l'est tous les deux", dit-il en glissant une main à l'arrière de sa nuque. Puis il se redressa sur son siège en me fixant du regard. "Oublie-la."

7

J'ai poussé la porte vitrée et je suis entré dans le hall colossal du bâtiment de l'Association des diplômés. Une ouverture dans le haut plafond laissait entrer la lumière naturelle qui éclairait le sol de marbre et les murs couverts de photos de toutes sortes : des élèves officiers marchant au pas, des bâtiments en pierre grise, des élèves jetant leurs chapeaux en l'air lors d'une remise de diplômes, et des portraits d'anciens élèves officiers qui avaient atteint le rang d'officier général, de président, ou les deux. Lee, Grant, Eisenhower, Patton, MacArthur, Schwarzkopf, et une foule d'autres que je ne reconnaissais pas me regardèrent fixement lorsque je me suis arrêté au centre de la pièce.

"Que puis-je faire pour toi, jeune homme ?"

Je me suis retourné et j'ai vu un homme aux épaules larges et aux cheveux grisonnants s'approcher de moi. Il portait un blazer bleu marine avec un badge portant l'inscription *Colonel, Retraité.*

Je me suis éclairci la gorge avant de répondre. "Je viens d'apprendre que je me faisais virer de l'armée, et je n'ai pas de travail."

"Je vois", dit-il en hochant la tête. "Que s'est-il passé, si je peux me permettre ?"

"Je viens de recevoir les résultats de l'ECG de mon examen physique. Ils m'ont diagnostiqué une tachycardie supraventriculaire."

"Qu'est-ce que c'est ?"

"J'ai arrêté d'écouter après qu'ils aient dit que je n'étais pas apte médicalement."

"Et tu auras fini tes études dans quelques semaines ?"

"Oui, monsieur."

"Ne t'inquiète pas. On va trouver une solution. Viens dans mon bureau."

Je l'ai suivi dans une pièce décorée comme le hall d'entrée, mais avec des photos d'un peloton d'infanterie au Vietnam. Je me suis assis sur une chaise en face de son bureau.

"Est-ce que tu as fait des études d'ingénieur ?" demanda-t-il.

"Non."

Il fronça les sourcils. "Les télécommunications sont un secteur très prisé en ce moment. Nous avons également constaté une augmentation des embauches dans les secteurs de l'industrie et de la logistique ces derniers temps." Il commença à me glisser des papiers sur son bureau. "Tu peux remplir ce questionnaire pour indiquer tes choix de carrière et tes préférences géographiques. Voici également un guide pour t'aider à rédiger ton CV. Une fois que tu auras fait tout ça, ramène-le avec une copie de ton relevé de notes et nous t'aiderons à tout mettre en ordre avant la prochaine séance d'entretiens d'embauche."

"Merci."

"Il faudra que tu t'habilles en conséquence, évidemment. Est-ce que tu as un costume ?"

"Non."

"Je te recommande un costume bleu marine ou gris foncé à rayures. Ça passe toujours très bien lors des entretiens. Assure-toi que le cuir de tes chaussures et celui de ta ceinture sont bien assortis. Antonello est le meilleur tailleur de l'atelier. Demande à lui parler spécifiquement et dis-lui que c'est moi qui t'envoie."

"D'accord. Merci."

"Et, jeune homme," dit-il en baissant la voix, "je sais que la transition peut être difficile quand on s'attend à être lieutenant depuis si longtemps. Mais n'oublie pas que tu fais toujours partie de la Longue Ligne Grise. Personne ne pourra jamais t'enlever cela."

J'ai incliné la tête sur le côté et j'ai senti mon cou craquer. "Non, personne ne pourra me l'enlever. Merci, monsieur. Ces infos m'ont été très utiles."

Nous nous sommes serré la main et je me suis levé en prenant les documents avec moi. Mon téléphone s'est mis à sonner alors que je traversais le hall. Quand j'ai vu que c'était Jackson, j'ai jeté les papiers dans une poubelle à proximité et je suis sorti pour répondre.

"Écoute ça. Je me fais virer de l'armée pour raisons médicales. Mes cinq années passées ici n'ont servi à rien. Tu veux sauter ici ou tu veux que je vienne en ville. Si je n'ai pas ma dose de BASE rapidement, il n'y aura pas assez d'alcool dans le monde pour noyer ma déception."

"Euh... est-ce que c'est David ?" demanda une voix hésitante que je ne reconnaissais pas.

Merde.

"Oui", répondis-je. "C'est moi."

"Je suis le beau-frère de Jackson. Il m'a demandé de t'appeler. Il a eu un accident de moto ce matin."

"Qu'est-ce qui s'est passé ?"

"Il ne se souvient pas de grand-chose, mais la police a dit qu'il avait été heurté par une voiture qui avait grillé un stop. Il m'a demandé de t'appeler toi, et Andrea, la fille avec qui il devait sortir ce soir."

"OK."

"Le problème, c'est qu'il y a quatre Andrea différentes dans ses contacts."

"Appelle-les toutes. Dans quel hôpital est-ce qu'il est ? J'y serai dans deux heures."

"David, Jackson s'est éteint il y a environ une heure."

"Il s'est... éteint ?"

"Il est mort."

J'ai fait une pause. "Quand seront ses obsèques ?"

"Ils sont en train de voir ça. Je te tiendrai au courant."

"OK."

"Et David ?"

"Oui."

"Il a dit que tout se passerait bien, et de ne pas oublier les boucles. Il a insisté pour que je te dise ça. Tout va bien se passer, et n'oublie pas les boucles."

Au début, ce n'était rien d'autre qu'une pensée occasionnelle. Puis mon esprit revenait continuellement à ce revolver argenté étincelant — d'abord des dizaines de fois par jour, puis des centaines. Maintenant, cela ponctue naturellement la fin de chacune de mes pensées. Un symbole sorti de nulle part un jour, une vision parfaite du canon d'un revolver 454 glissant dans ma bouche, sans provocation. Pourquoi ce revolver, ce calibre, cette finition ? Je n'ai pas de réponses, seulement des pensées. Elles grouillent dans mon esprit comme des chauves-souris qui s'agitent dans les crevasses d'un espace sombre, remplissant chaque vide dès qu'il n'y a plus de distraction pour les faire sortir.

Peut-être que mon esprit obscurci, prenant de plus en plus au sérieux son propre anéantissement, m'a simplement présenté son arme de prédilection.

Comment pourrais-je nier que les choses n'ont cessé d'empirer au fil des ans. Tous les quelques mois, j'ai atteint un plateau plus bas que le précédent. Chaque nuit se termine par un réveil soudain dans l'obscurité, et j'ouvre les yeux dans une pièce grise et vide. Seul. Toute ma vie se résume à ce décor. Suis-je dans une chambre de la caserne de West Point, dans une tente dans les montagnes d'Afghanistan, sur le canapé de l'appartement de Jackson ? Seul le fait d'ouvrir les yeux me le dira. Les alentours, le placement des objets à proximité immédiate de moi, me permettent de faire la distinction. Tout le reste est identique.

Dans cette pièce grise et vide de mon esprit, conscient que je ne dors pas et que je suis sur un lit, un canapé, un lit de camp, éveillé, mais pas vraiment, voulant être l'un ou l'autre, mais n'obtenant ni l'un ni l'autre. J'occupe le même espace gris et vide dans lequel je me suis trouvé seul, toute ma vie, assis, couché, debout, à différentes heures du jour ou de la nuit. Je n'ai pas besoin d'ouvrir les yeux pour le savoir. J'ai la nausée. J'ai envie de vomir ou de ne pas me sentir malade, mais je n'y arrive pas. Le purgatoire entre les deux s'est installé comme l'espace entre l'éveil et le sommeil, le brouillard dans lequel je glisse mes pieds, ne sachant pas trop sur quoi je vais tomber et découvrant qu'il n'y a rien.

Il n'y a pas de retour possible d'où je suis allé pendant la guerre. Des combats dont j'ai été banni par une énième flèche du destin, un autre coup pour aggraver l'hémorragie. Boire plus, manger et dormir moins, alors que le vide est remplacé par une obscurité qui grandit en moi, le vide remplacé par quelque chose de pire.

Ce qui n'était autrefois qu'un inconvénient, être en vie, est maintenant devenu le refus pur et simple d'une condamnation à mort pour un crime pour lequel je mérite d'être pendu, et ne pas me suicider est une issue lâche que j'ai honteusement continué à choisir malgré tous les signes me disant que je ne devrais pas. Je déteste l'alcool même quand je le bois, sachant qu'il n'a fait que retarder l'inévitable en me donnant une illusion de normalité, et pourtant je continue à embrasser la façade du confort plutôt que de ressentir la réalité telle qu'elle est, de la trouver inacceptable et de m'éloigner de ses limites pour toujours. C'est un substitut creux de la même chose : la bouteille est un pistolet et l'alcool une balle, que je verse dans ma tête pour y mettre fin un instant.

Mon téléphone portable sonna sur le bureau à côté de moi.

J'ai arrêté de taper et je me suis penché en arrière sur ma chaise. La lumière du téléphone perça l'obscurité qui délimitait le rectangle blanc de mon écran d'ordinateur. J'ai pris le téléphone en poussant mon verre sur le côté.

"Comment va ma salope, espèce de pédé ?" demanda une voix grave.

"Peter, tu ne t'es pas encore suicidé ? Comment vas-tu ?" répondis-je.

"Tu ne pensais pas avoir de mes nouvelles, pas vrai ?"

"Pour être honnête, je t'avais presque complètement oublié."

"Je ne t'ai pas oublié, moi, David River."

"Rivers."

"On s'en fout, connard. Je parle à un homme mort, de toute façon."

"Tu crois ça ?" dis-je en me penchant en avant et en posant mes coudes sur le bureau.

"Ouais."

"Tu es sûr que tu ne parles pas à quelqu'un qui va te donner une leçon sur le fait de baiser avec des gens que tu ne connais pas ?"

"Tu as volé ma salope de meuf, et maintenant tu vas avoir ce que tu mérites."

"Qu'est-ce que je mérite, Peter ?"

"Ma vengeance, enfoiré. J'ai des potes qui veulent te rencontrer."

"T'as l'air bourré. Tu crois que tu t'en souviendras demain ?"

"On va te trouver."

"Peter, tu devrais vraiment te suicider. Ça devient embarrassant."

"Va te faire enculer."

"Je te conseille de le faire pendant que t'es bourré, pour finir sur une bonne note."

"Ça va bientôt arriver, David. Je vais venir te chercher."

Je me suis penché en arrière sur ma chaise, en lissant mon T-shirt et en posant une cheville sur le genou opposé. "Peter, je suis content que tu aies appelé. Tu n'aurais pas pu choisir un meilleur moment."

"Cadet David Rivers."

Alors que la voix sur le haut-parleur appelait le nom suivant, je traversais la scène pour aller serrer la main d'un général, puis d'un autre, et enfin d'une autorité politique qui me remit un tube en carton contenant un diplôme. Après avoir descendu les marches de l'autre côté, j'ai rejoint les autres sur la pelouse artificielle du terrain et me suis retourné vers l'intérieur du Michie Stadium, éclairé par un ciel sans nuage. Les gradins étaient remplis de civils vêtus de vêtements colorés et s'élevaient autour d'un point central où se trouvaient les cadets, vêtus, comme moi, d'un pantalon blanc et d'une veste grise, soigneusement séparés à la taille par une ceinture bordeaux. J'ai rejoint le cortège des diplômés qui saluaient avec enthousiasme les membres de leur famille dans la foule.

Puis je suis retourné à ma place et j'ai attendu que le reste des élèves reçoivent leur diplôme. Puis le point culminant de la cérémonie est arrivé lorsque le dernier cadet au centre de la scène cria "Les cours sont terminés !"

Tout le monde autour de moi jeta son chapeau en l'air et se mit à applaudir et à crier frénétiquement. Je suis resté sur mon siège, les yeux fixés devant moi, tandis que mes camarades de classe se donnaient des accolades au milieu des chapeaux qui leur retombaient dessus. Un instant plus tard, des gamins se bousculaient sur les chaises tels des gremlins, essayant de ramasser des chapeaux de cadets à la recherche de l'argent caché à l'intérieur, comme le voulait la coutume.

Les familles et les amis se précipitèrent ensuite sur le terrain pour retrouver l'élève qu'ils étaient venus voir et pour célébrer cet instant de triomphe. J'ai enlevé mon chapeau et l'ai laissé tomber par terre, puis je me suis levé pour partir.

Laila s'est approchée de moi. Elle portait une fine robe d'été. Elle était trop gentille pour me laisser partir seule.

"Salut David", dit-elle.

"Salut Laila."

"J'ai appris que tu ne pouvais pas rester dans l'armée. Je suis désolée. Est-ce que tu as des entretiens d'embauche de prévus ?"

"Non."

"Alors, qu'est-ce que tu vas faire maintenant ?"

"Recommencer à zéro."

"Dis-moi si tu as besoin d'aide. Mon cousin a commencé à travailler pour..."

"C'est gentil, Laila, mais ça va aller."

Elle regarda derrière moi, puis plongea ses yeux verts dans les miens. "Est-ce que quelqu'un est venu te voir ?"

"Non. Une des nombreuses joies de grandir dans une famille d'accueil."

"Et Jackson ?"

"Jackson est mort."

"Oh mon Dieu, je suis désolée..."

"Laila", dis-je en posant ma main sur son épaule. "Je te remercie de t'inquiéter pour moi. Je t'aime et je te souhaite vraiment tout le bonheur du monde, mais pour l'instant, je veux juste me tirer d'ici."

Je l'ai embrassée, et elle s'est mise à pleurer. Je me suis retourné et je me suis éloigné vers le bord du terrain. Je suis passé par une porte en béton et j'ai jeté mon diplôme dans la première poubelle. Alors que je montais les escaliers vers les gradins supérieurs du stade, les élèves de deuxième année en descendaient.

"Félicitations, monsieur !"

"Merci, les jeunes", répondis-je, en continuant à monter. Lorsque j'ai atteint les gradins supérieurs, certains élèves de deuxième année étaient encore dans leur siège.

Un jeune cadet m'a demandé : "Tu ne vas pas te changer avant la cérémonie de prise de commandement ?"

"Je ne rentre pas dans l'armée", répondis-je. "Problèmes médicaux."

"Oh, merde, je suis désolé."

"Ça va aller."

J'ai monté les escaliers entre les bancs jusqu'à ce que j'atteigne la rambarde supérieure, puis je me suis appuyé dessus, en regardant vers l'est alors qu'une brise chaude me balayait le visage. Le Michie Stadium était entouré de bâtiments en pierre grise, et le sol descendait brusquement vers le fleuve Hudson, brillant et agité. De l'autre côté du fleuve, des collines verdoyantes s'étendaient sur des kilomètres. Au-delà des sommets les plus proches, d'autres collines éparses émergeaient à l'horizon. Sur l'une d'elles, une antenne rouge et blanche clignotait.

Je soupirai, en regardant Ma Bell pour la dernière fois.

Puis j'ai commencé mon long voyage vers l'Illinois, et vers Peter.

PROPHÈTES

Contra felicem vix deus vires habet

-Contre un homme heureux, un dieu n'a guère de pouvoir

8

1er juin 2008
Lieu inconnu

Je me suis réveillé après l'attaque avec une douleur intense qui n'était que légèrement plus forte que mon torticolis. J'ai découvert en ouvrant les yeux, qu'on m'avait mis un sac en tissu rugueux sur le visage. J'ai essayé de l'enlever, mais mes poignets avaient été attachés à la chaise où j'étais assis. Mes jambes étaient également attachées aux chevilles. J'ai tourné la tête aussi loin que possible dans les deux sens, mais je n'entendais rien.

"Il y a quelqu'un ?" Pas de réponse. Un moment s'est écoulé en silence, alors que mon souffle chaud était piégé sur mon visage. Lorsque je me suis redressé sur la chaise, j'ai senti une douleur aiguë irradier en partant de ma colonne vertébrale.

"C'est un peu excessif un calibre 454 pour se suicider, tu crois pas ?" dit une voix derrière moi.

Ce n'était pas la voix de quelqu'un de l'hôtel. C'était la voix d'un autre homme, plus âgé, moins intense, mais plus calculé.

"C'est une question d'opinion personnelle. J'espère que tu as gardé cette putain de bouteille."

"Pourquoi est-ce que tu as tué Peter McAlister ?"

"Écoute, c'est sympa de vouloir faire la conversation, mais si tu comptes me faire sauter le caisson, autant le faire tout de suite."

"T'es déjà en sursis. Je t'ai demandé pourquoi tu l'avais tué."

"Dis-moi qui t'es et je te raconterai tout. Ou tu pourrais menacer de me tuer et voir si ça marche."

"Pourquoi je menacerais de te tuer ?"

"Le gars qui m'a mis un flingue dans la bouche semblait assez impatient de le faire."

"C'est pour ça que c'est lui qui met les flingues dans la bouche des gens. Mais c'est moi qui décide ici."

"Pourquoi je te le dirais ? Tu vas me tuer, de toute façon."

"Te tuer ne profitera à aucun de nous. Il n'y a rien qui compte plus pour toi que de vivre, et si j'aime ce que tu as à dire, je pourrais te laisser la vie sauve."

J'ai reniflé pour dégager une narine bouchée, et avalé la morve et le sang que j'avais dans la bouche. "J'en ai rien à foutre de l'argent."

"T'as combattu en Afghanistan et en Irak, et tu viens d'être diplômé de West Point. Tu as assassiné un homme et tu étais sur le point de te suicider. Je parie que la planification de la mort de Peter est ce qui t'a fait tenir pendant des semaines, et que maintenant qu'il est mort, tu as perdu la dernière chose qui te distrayait de l'envie presque irrésistible de te suicider. Je sais que tu te fous de l'argent, David."

"Jolie psychanalyse", concédai-je.

"Maintenant, dis-moi pourquoi tu as tué Peter."

"Tu lui as déjà parlé ? Je suis surpris que personne ne l'ait buté avant que je décide de m'occuper de son cas." J'ai alors entendu quelqu'un commencer à faire les cent pas dans la pièce derrière moi, mais quand l'homme a repris la parole, il était immobile.

"Je ne lui ai jamais parlé."

"Le mec dans l'hôtel a dit qu'il était là quand j'ai tué Peter. Il a dit qu'il avait été au-dessus du corps avant que les bouts de cerveau sur le mur n'aient eu le temps de sécher."

"Oui. Et moi aussi."

"Tu étais où ?"

"Quand tu es sorti, tu t'es arrêté une seconde pour tendre l'oreille, comme si tu avais entendu quelque chose dans les arbres à côté de la maison. Tu regardais pile dans notre direction."

"Qu'est-ce que vous faisiez là ?"

"Ça semble évident, non ?"

"Pas tant que ça, puisque je te le demande."

"On était là pour tuer Peter, nous aussi. Et même si je soupçonne que nos motifs étaient très différents des tiens, je ne le saurai pas tant que tu ne me l'auras pas dit."

"Je sais que vous avez regardé dans mon ordinateur. Vous n'avez pas trouvé tout ce que vous cherchiez ?"

"Presque. Je suis au courant pour ta fiancée et ton meilleur ami, pour l'état de santé qui a mis fin à ta carrière militaire, et pour la fille qui t'a quitté lorsqu'elle a lu ce qu'il y avait sur ton ordinateur portable."

J'ai poussé un long soupir et j'ai penché ma tête en arrière en signe de protestation. "Alors, soit je suis dans les vapes depuis un certain temps, soit tu lis vraiment très vite."

"Mais je ne sais pas pourquoi tu es venu dans l'Illinois ni pourquoi tu as choisi Peter. Je n'ai pas trouvé ces informations dans tes textes. Si personne ne t'a payé pour le faire, cela laisse l'option d'un motif personnel, mais après vérification de tes antécédents, il apparaît que toi et lui n'avez jamais été dans le même état au même moment, et encore moins que vous vous êtes rencontrés, avant aujourd'hui."

"Quelle différence ça fait ?"

"Pour des gens comme nous, c'est une question de vie ou de mort."

"Tu vois la fille qui m'a quitté après avoir fouillé dans mon ordinateur ?"

"Oui."

"Elle l'a quitté pour moi. Il ne l'a pas bien vécu."

"C'est tout ?"

"Ouais."

"Mais le meilleur ami qui a couché avec ta fiancée est toujours en vie."

"S'il ne m'avait pas avoué qu'il couchait avec elle, je ne le saurais toujours pas. Tu peux m'enlever ce sac de la tête, maintenant ? Et un verre d'eau ça serait sympa. Ou encore mieux, un verre du bourbon que t'as pas intérêt à avoir laissé dans ma putain de chambre d'hôtel."

"J'ai trouvé le parachute dans ta voiture et j'ai vu que t'avais documenté 150 sauts en BASE jump..."

"154."

"...sur ton ordinateur. Avant que je te donne de l'eau, j'aimerais que tu me dises ce que tu penses d'un bâtiment en particulier et si tu pourrais sauter d'en haut."

"Est-ce que tu vas m'enlever le sac que j'ai sur la tête ?"

"Oui."

"Vendu."

"Garde les yeux devant toi."

Il m'a enlevé le sac et la lumière m'a fait l'effet de poignards qu'on m'enfonçait dans les yeux. Un mal de crâne s'empara de mon cerveau alors que je respirais de l'air à peine moins vicié. La pièce sentait la cave. Une série de feuilles de papier étaient scotchées sur un mur de pierre inachevé devant moi. J'ai commencé à tourner la tête sur le côté, mais la personne se tenant derrière moi a repoussé mon menton vers l'avant.

"Les yeux vers l'avant. Regarde les photos."

Les photos imprimées en haute résolution étaient principalement des images satellites d'un pâté de maisons au centre duquel se trouvait un bâtiment indiqué par une petite flèche rouge. Une autre série de photos avait été prise depuis le sol sous tous les angles autour de la base de la structure et comprenait un parc parsemé d'arbres.

"Il y a trente-huit étages", dit-il.

J'ai étudié les photos pendant une minute, en essayant d'ignorer mon mal de tête. "Ouais, c'est faisable."

"C'est tout ?"

"Je croyais que c'est ce que tu voulais savoir."

"Tu pourrais être plus précis ?"

"D'accord, je sauterais glisseur bas avec un extracteur de 42 pouces. Mon exit serait le coin nord-ouest du toit. Je prendrais un délai de deux secondes avec l'extracteur à la main, à moins que l'accès à l'exit soit suffisamment technique pour justifier de le ranger. Après l'ouverture, je ferais un virage à gauche pour perdre de la hauteur, puis je reviendrais à droite vers le parc où je ferais un virage à plat entre les arbres avant d'atterrir dans l'herbe.

"Pourquoi le coin nord-ouest ?"

"C'est celui qui offre les meilleures options en cas de mauvaise orientation à l'ouverture. Une rotation de quatre-vingt-dix degrés à gauche me permettrait encore de faire un cent-quatre-vingts pour atteindre le parc. Un quatre-vingt-dix à droite me ferait probablement dépasser la zone d'atterro, mais je pourrais toujours faire un cent-quatre-vingts et atterrir dans cette rue orientée est-ouest. Et si je fais un cent-quatre-vingts à l'ouverture, un exit dans ce coin est ma meilleure option pour éviter de percuter l'immeuble."

"Est-ce que ce serait un saut difficile ?"

"Plutôt technique, ouais. Encore pire si le vent ne coopère pas. Et c'est souvent le cas dans cette ville."

"Donc tu fais du BASE jump, et tu n'as pas de famille à qui tu tiens. Tu sais manier un flingue ?"

"Je tire au pistolet depuis que j'ai huit ans, et tu peux demander à tes gars à quel point j'étais proche de les avoir à l'hôtel."

"Alors je veux que tu sautes de ce bâtiment pour moi la semaine prochaine."

"Pourquoi tu veux que je fasse ça ?" Les bruits de pas derrière moi cessèrent.

"Parce que je veux que tu tues un homme dans cet immeuble."

Mon cerveau s'est arrêté. "Pourquoi je tuerais quelqu'un pour toi, et pourquoi partir en sautant ?"

"Je vais d'abord répondre à ta deuxième question. Une fois que tu seras à l'intérieur de ce bâtiment, tu ne pourras que monter et la seule issue est le toit."

"Pourquoi tu le tues pas ailleurs ?" demandai-je.

"Si je pouvais l'emmener ailleurs, il serait déjà mort."

"C'est qui ?"

"Je ne peux pas te le dire. Je peux te former et t'équiper, et je peux te faire entrer et te dire exactement où le trouver. Le reste dépend de toi."

"Et qu'est-ce qui me dit que tu ne me tueras pas une fois que j'aurai fini ?" Les bruits de pas reprirent alors qu'un deuxième homme recommença à faire les cent pas.

"Rien, mais ce n'est pas la question. Accepte la mission, David, et tu auras ce que tu as attendu toute ta vie : la montée d'adrénaline ultime. Tu as souvent flirté avec la mort, mais tu ne l'as jamais épousée. Il y en a d'autres comme toi. Le plus dur est de les trouver. Mais dans ce cas, c'est toi qu'on a trouvé."

"C'est qui 'on'" ?

"Cette proposition devrait te donner une indication de ce qu'on fait. Tu peux soit accepter, soit te faire droguer à nouveau et te réveiller dans ta caisse pourrie sur le parking de l'hôtel."

"Je pense que vous me tueriez si je refusais. Accepter sous la contrainte n'est pas la même chose qu'accepter de son plein gré, tu ne crois pas ?"

"Les religions le font tout le temps."

"Je ne vais pas à l'église."

"Alors comment t'appelles cette antenne de l'autre côté de la rivière, en face de West Point ? Tu vas à l'église, mais tu l'appelles Ma Bell."

Je n'ai pas trouvé de parade à sa réponse. "Ne le prends pas mal, mais ce plan a vraiment l'air absurde."

"Tu trouves ça moins original qu'un suicide dans une chambre d'hôtel avec une bouteille de scotch ?"

"De bourbon."

"C'est pareil."

Je commençais à ne plus sentir mes jambes, alors j'ai déplacé mon poids sur la chaise. "En quoi consiste le plan exactement ?"

"Tu vivras sous garde armée dans une région reculée. Tu n'auras aucun contact avec le monde extérieur. Pendant les cinq prochains jours, tu feras des exercices de tir avec un instructeur personnel et tu tireras des centaines de balles par jour. Lorsque tu ne seras pas en train de tirer ou de mettre des balles dans des chargeurs, tu mémoriseras les plans de l'immeuble et les horaires de la cible. Le sixième jour, on te fera entrer dans le bâtiment. Tu devras te rendre à un endroit désigné à une heure précise, identifier un individu et le tuer. Ensuite, tu monteras sur le toit, tu sauteras en parachute et on te récupérera en voiture."

"Et ensuite ?"

"J'ai envie de te dire qu'on te paiera et qu'on partira ensuite chacun de notre côté. Mais j'ai vu ce que tu as écrit, et je suis sûr que tu me supplieras de te donner plus de travail. Mais ça va dépendre de la qualité de ton travail."

"Je t'ai dit pourquoi j'ai tué Peter. Pourquoi est-ce que tu voulais aussi le tuer ?"

Quelques secondes s'écoulèrent avant qu'il réponde : "Si tu réussis, je te le dirai."

J'ai à nouveau regardé les photos devant moi. "OK, j'en suis."

J'ai entendu le clic d'une lame de couteau qui s'ouvrait. Puis il a libéré mes chevilles et mes poignets.

"Allez, au boulot, David", dit-il.

Je me suis mis debout. Mes articulations ont craqué en signe de protestation, et je me suis approché des photos de l'immeuble.

Puis je me suis retourné et j'ai vu trois hommes qui se tenaient derrière moi.

9

Seul dans l'obscurité, je repensais aux choix que j'avais faits dans la vie.

Je ne voulais pas savoir combien d'années j'avais passées avec des amis que j'aurais préféré ne pas rencontrer, ou avec des personnes qui m'avaient trahi ou qui étaient mortes en cours de route. Je ne voulais pas non plus savoir la quantité d'alcool que j'avais bue pour continuer à avancer dans la vie, à la poursuite d'un diplôme qui s'était avéré inutile.

Célibataire, sans amis, sans famille, je m'étais engagé dans un destin que j'avais passé des décennies à construire jusqu'à ce que mon esprit se retrouve piégé par ses propres limites au-delà du point de non-retour.

Après tout cela, qu'est-ce qu'il me restait ?

Je repensais au moment où j'avais sauté d'un hélicoptère lors de mon premier raid dans le désert en Afghanistan, puis de la descente dans le ciel noir sous mon parachute alors que je me préparais à atterrir en Irak. Ces quelques rares et précieux moments d'une intensité électrique compensaient les nombreuses années qui n'avaient rien produit de mémorable. Les images associées à ces moments — les fusillades, les combats et la mort — étaient à jamais gravées dans ma psyché.

Et c'était là que se trouvait la raison sous-jacente de ma douleur infinie. En dehors de ces rares moments, j'avais passé mon temps à gratter fébrilement la surface de la vie, essayant de retrouver ce sentiment par tous les moyens autodestructeurs possibles, mais j'avais échoué à chaque fois.

Le BASE jump était de loin, ce qui me permettait de m'en rapprocher le plus. La moindre erreur de jugement ou un coup de vent inattendu pouvait vous rendre paraplégique ou vous tuer avant que vous n'ayez eu le temps de cligner des yeux.

Mais, au bout du compte, rien ne peut rivaliser avec la sensation que l'on ressent lorsque l'on se rapproche de quelqu'un qui essaie de vous tuer alors que vous tentez de leur faire la même chose — ni la nature ni le destin. Rien ne peut autant vous faire prendre conscience de votre propre humanité qu'un ennemi armé, sachant pertinemment qu'un seul d'entre vous s'en sortira.

Je me suis repositionné dans mon siège, sentant mon corps s'enfoncer dans la mousse sur laquelle j'étais assis. J'ai allumé une petite lampe torche qui éclaira mes mains gantées d'une lumière blanche aveuglante. Je plissais les yeux en attendant que mes pupilles s'ajustent à la luminosité dans cet espace confiné, où mon souffle restait emprisonné autour de moi.

Matz avait soigneusement découpé la mousse jusqu'à ce qu'elle s'adapte parfaitement à mon corps et à mon parachute, puis il l'avait fixée à l'intérieur du cube métallique d'un mètre cinquante de côté. Le cube était identique aux caisses d'expédition qui arrivaient par le quai de chargement souterrain du bâtiment de ma cible, avec un numéro peint dessus et un bon de livraison. La réplique était parfaite, jusqu'aux éraflures et aux renfoncements dans le métal, et avait été équipée de trous de ventilation discrets sur chaque face.

Le temps aurait dû me paraître plus long dans cet espace étroit, mais ce ne fut pas le cas. J'étais agréablement surpris à chaque fois que je regardais ma montre et voyais l'heure fatidique approcher. L'heure à laquelle je pourrais faire mes preuves et avoir une occasion de retourner au combat. Le parachute que j'avais dans le dos rendait l'attente encore plus palpitante. J'étais impatient d'en découdre et concentré sur l'exécution parfaite du plan, quoi qu'il m'en coûte. Un affrontement m'attendait. C'était évidemment très différent de ce que j'avais connu à la guerre, mais c'était aussi de nature criminelle.

Mais un combat était un combat.

Qu'est-ce que j'avais à perdre ? Seulement une vie à laquelle je ne tenais pas. L'éventualité de mourir n'avait aucune importance pour moi. Seule la perspective du combat en avait.

Ma montre indiqua l'heure qui avait été convenue.

J'ai soulevé avec précaution le couvercle avec mon avant-bras gauche et levé le silencieux de mon Glock alors que la lumière du soleil inondait l'intérieur de la boîte.

Il y avait deux images devant moi : la première représentant un flic pointant une arme de poing sur moi, et la deuxième une femme blonde qui levait les mains en l'air.

J'ai tiré deux balles dans chacun d'eux. Le bruit du silencieux fendit le silence auquel je m'étais habitué pendant l'heure précédente. Je me suis retourné et j'ai vu un zombie titubant avec la bouche en sang. Je lui ai tiré deux autres balles dans la poitrine.

J'ai rechargé mon Glock avant de le ranger dans mon étui de ceinture. Une petite brise m'a caressé le visage et séché mon visage en sueur. Puis je suis sorti de la caisse et remis la face supérieure en place.

J'ai repris mon pistolet en main, tout en tournant sur moi-même pour balayer la forêt du regard. Une longue bande de ruban adhésif blanc passait dans les herbes hautes et disparaissait dans les arbres. J'entendais des oiseaux chanter à la cime des arbres. Ils n'avaient pas l'air d'avoir été perturbés par les coups de feu étouffés.

Puis je me suis mis à parler dans un micro suspendu à mon oreillette : "Rouge, j'envoie le coup d'envoi. Un corbeau et deux perroquets morts."

"*Reçu, coup d'envoi, un corbeau et deux perroquets*", répondit le patron.

Je suis passé devant le flic et la femme blonde, dont les silhouettes en papier grandeur nature étaient accrochées sur des supports en carton maintenus par de longs piquets en bois. Je me suis arrêté dans un carré tracé au sol avec du ruban adhésif blanc, j'ai tiré une clé colorée accrochée à ma ceinture avec une lanière et j'ai fait semblant de l'insérer dans une serrure.

"Qu'est-ce que tu fais ?" cria Matz de derrière un arbre.

"J'active l'ascenseur de service avec la clé rouge", répondis-je. "J'appuie sur le bouton du haut pour monter au quinzième étage. Je tourne à droite, je fais dix mètres jusqu'à la cage d'escalier."

Je suis sorti du carré blanc, j'ai tourné à droite et me suis dirigé vers une autre marque en scotch blanc, puis je suis entré à l'intérieur avant de transmettre, "Rouge, j'envoie le Premier Essai."

"*Reçu Premier Essai*", répondit le patron.

Je suis entré dans le carré suivant et j'ai crié à Matz : "J'entre dans la cage d'escalier et je monte jusqu'au trente-deuxième étage."

"OK, t'es arrivé."

"Rouge, j'envoie le Deuxième Essai."

"*Reçu Deuxième Essai.*"

J'ai pris un moment pour me concentrer, puis j'ai commencé à marcher le long de la bande blanche, appelant machinalement Matz comme je l'avais déjà fait des dizaines de fois : "Je tourne à gauche, je fais six mètres dans le couloir, je tourne à droite à l'intersection en T, je fais quinze mètres et je passe devant les bureaux sur ma gauche, puis devant le bureau de la secrétaire. Rouge, j'envoie le Troisième Essai."

"Reçu Troisième Essai. Attends la confirmation."

"Qu'est-ce qui se passe maintenant ?" demanda Matz.

"Le patron appelle le téléphone de la cible pour qu'il aille dans son bureau. La porte de la secrétaire doit être déverrouillée, sinon, je l'ouvre avec la clé blanche."

"J'ai la confirmation", dit le patron dans mon oreillette. *"Exécution. Exécution. Exécution."*

J'ai appuyé deux fois sur ma radio pour accuser réception avant de dire à Matz : "Le patron a confirmé. Maintenant, je traverse le bureau de la secrétaire jusqu'à sa porte. Si elle est ouverte, j'entre ; sinon, j'utilise la clé bleue. J'entre et je le tue."

Pas de réponse. J'ai jeté un coup d'œil dans les sous-bois à l'ombre des grands arbres qui se balançaient dans le vent, à la recherche d'un tronc d'arbre assez gros pour cacher la carrure massive de Matz.

De quelque part sur ma gauche, il cria : "Va au stand de tir. Je lance le chrono !"

J'ai pris une inspiration et je me suis mis à courir sur un sentier dans les bois qui serpentait entre des troncs d'arbres et des rochers recouverts de mousse. Au bout de quinze mètres, j'ai entendu Matz courir derrière moi pour me suivre de loin.

Un soleil radieux illuminait le sol devant moi, alors que le sentier débouchait sur une petite clairière parsemée de barricades en contreplaqué, au-delà desquelles des cibles étaient disposées. Je suis entré dans la clairière et je me suis arrêté derrière la première barricade, j'ai sorti mon Glock et visé les cinq plaques d'acier à hauteur de poitrine, tout en restant caché derrière les planches de contreplaqué.

J'ai tiré de gauche à droite. J'ai raté la première cible, mais touché les quatre autres en succession rapide avant de revenir à la première plaque avec une sixième balle. Je me suis mis à couvert pour changer de chargeur, j'ai fait quelques pas chassés vers ma droite, et tiré sur quatre cibles en papier devant la barricade suivante.

J'ai tiré trois fois avant que mon pistolet ne fasse un clic creux.

J'ai tapé le chargeur vers le haut, j'ai fait coulisser la culasse pour éjecter une balle factice orange vif et j'ai à nouveau tiré moins d'une seconde plus tard, en continuant à marcher et en me disant que ma vitesse ferait plaisir à Matz.

J'ai tiré deux fois sur la quatrième et dernière cible avant de sprinter jusqu'à la planche de contreplaqué suivante et de viser. Une dizaine de mètres plus loin, il y avait une roue contenant une étoile à cinq branches au bout desquelles étaient fixées cinq plaques d'acier. J'ai tiré sur la première plaque, qui a basculé en arrière avec un bruit métallique. La roue a commencé à tourner, transformant les quatre autres plaques en cibles mobiles. Je les ai tirées dans le sens des aiguilles d'une montre sans en rater aucune et je suis parti en sprintant avant que la cinquième ne touche le sol.

Une quinzaine de mètres me séparait de la dernière barricade, derrière laquelle je pouvais voir la cible représentant mon ultime objectif. C'était une sorte d'ange gardien. Sans lui, j'aurais été mort depuis des jours. Alors que je me rapprochais de la position de tir, en respirant fortement et en essayant de détendre mes membres raides après une heure passée pliés dans la boîte, une succession de visages se mit à défiler dans ma tête. Une procession de gens que j'avais perdus passa devant mes yeux sans prévenir : Sarah, Laila et Peter avant que je ne le tue. Le visage de Peter fut remplacé par celui de l'ami avec qui Sarah m'avait trompé, et il resta dans mon esprit une brève seconde avant que Jackson n'apparaisse, me souriant au sommet de Ma Bell.

Le dernier visage que je vis avant d'arriver à la barricade fut le mien. Les lèvres qui formaient un sourire en coin se séparèrent pour y laisser entrer un canon de pistolet.

Je me suis arrêté derrière le contreplaqué, j'ai visé la silhouette en carton sur laquelle était marqué le mot *SAAMIR*. Après avoir tiré un coup qui fit un trou net entre le *A* et le *M,* la culasse de mon pistolet resta bloquée en position arrière.

J'ai laissé tomber le chargeur vide, j'en ai inséré un nouveau, j'ai tendu les bras devant moi, puis j'ai tiré deux autres balles dans les lettres et j'ai couru vers la cible, m'arrêtant à quelques mètres.

J'ai écarté les jambes pour être stable et j'ai levé mon pistolet.

Une photo en format A4 avait été collée sur la tête de la cible. C'était un gros plan d'un homme à la peau brune qui semblait plus jeune qu'il ne l'était. Il avait un très léger sourire, des yeux sombres qui brillaient de chaque côté d'un grand nez, des cheveux noirs plaqués en arrière et soigneusement coupés sur les côtés. Il portait un costume avec une cravate violette et un mouchoir de poche assorti.

J'ai tiré cinq fois sur la photo. Les balles de calibre 40 déchiquetèrent un motif asymétrique au centre.

"Chrono arrêté", dit Matz derrière moi.

Sans le regarder, j'ai transmis dans la radio, "Rouge, j'envoie le Touchdown."

"*Reçu Touchdown.*"

Puis j'ai mis le Glock dans son étui et je me suis retourné vers Matz qui me regardait avec un regard intense et qui tenait un fusil d'assaut M4 qui ressemblait à un jouet par rapport à la taille de sa poitrine.

"Je retourne dans le couloir, je tourne à droite, je fais quinze mètres et tourne à gauche vers la cage d'escalier", lui dis-je en le regardant dans ses yeux cernés de noir.

J'ai fait un pas à l'intérieur d'un autre carré en ruban adhésif et je me suis arrêté avec un pied en l'air. J'ai sorti un masque noir de ma poche, que je mis à la hâte sur ma tête en ajustant l'unique trou au-dessus de mes yeux.

"Si tu avais encore oublié, je t'aurais pourri jusqu'au coucher du soleil", dit Matz.

Je me suis éclairci la gorge avant de continuer : "Je monte les escaliers jusqu'à la sortie de secours en haut, où je passe devant la seule caméra de surveillance que je ne peux pas contourner sur mon chemin. L'alarme incendie se déclenche lorsque j'ouvre la porte. Rouge, j'envoie le Point Bonus."

"*Reçu Point Bonus*", répondit le patron.

"Je marche jusqu'à l'angle nord-ouest du toit." Je me suis arrêté à une autre marque et j'ai enlevé le gilet de sécurité que je portais pour révéler le parachute que j'avais en dessous. J'ai fourré le gilet dans une poche avant de transmettre à nouveau.

"Rouge, j'envoie Game Over. Dix secondes."

"*Reçu Game Over.*"

"Je confirme visuellement la position de la voiture et je saute. Délai de deux secondes, ouverture de la voile, atterrissage dans le parc. Je mets mon parachute dans le sac, je fais trente mètres vers l'ouest, je passe par-dessus la clôture et je monte dans la voiture. Mission accomplie."

Matz ne dit rien. Quand je l'ai regardé, il pointait son M4 dans ma direction. "Décharge ton arme et montre qu'elle est vide."

Je me suis retourné, j'ai sorti mon pistolet et je l'ai déchargé, puis je l'ai tendu sur le côté sans me retourner. Il me l'a pris, pendant que je regardais un troupeau de nuages blancs flotter bas dans le ciel, se déplaçant comme des icebergs dans le vent.

"C'est bon !" cria Matz.

J'ai soupiré et je me suis retourné, alors qu'il mettait mon Glock dans un étui sur sa hanche gauche. Il en avait un identique, sans silencieux, du côté droit.

J'ai enlevé le masque de mon visage, je l'ai mis dans une poche et j'ai lissé mes cheveux alors que le patron sortait des bois.

Il portait également un M4 et une arme de poing. Il se dirigeait vers nous avec la cadence mesurée d'un homme d'âge mûr. Son allure adoucissait l'expression de tristesse qu'il arborait en permanence. J'avoir encore du mal à associer son visage à la voix résolue qui m'avait parlé lorsque j'étais attaché à la chaise.

Sans s'arrêter de marcher, il a ouvert son sac à dos et en a sorti une bouteille d'eau qu'il m'a lancée.

"Merci, patron", dis-je, en l'attrapant.

Il m'examina avec des yeux fatigués, mais concentrés, comme s'il avait déjà tout vu, mais qu'il avait encore une dette à rembourser avant de pouvoir prendre sa retraite. Il garda une main sur la crosse de son M4, et l'autre sur le garde-main, en avançant d'un air nonchalant. "Parlons des différentes éventualités qui pourraient se produire à Chicago", dit-il. "Qu'est-ce que ça veut dire si tu m'entends dire Pénalité ?"

"Je suis en danger. La sécurité sait que je suis dans le bâtiment."

"Forfait ?" demanda-t-il.

"Mission annulée. Je monte sur le toit et je saute."

"Et si je dis Forfait alors que tu es devant le bureau de Saamir et que tu attends ma confirmation ?"

"Je vais quand même sur le toit et je saute. Pas d'exceptions."

Il hocha la tête. "Bien, David. Tes appels radio s'améliorent, mais c'est la première chose que tu vas oublier quand ton adrénaline montera. On écoutera la fréquence radio de sécurité, mais on ne pourra pas transmettre dessus. Il est donc primordial que je sache où tu te trouves dans le bâtiment. Si tu oublies d'appeler à un point de contrôle, tu pourrais recevoir le mauvais ordre et ça pourrait te coûter la vie."

"Compris, patron. Je n'oublierai pas d'appeler."

"Vas-y, Matz", dit-il sur un ton définitif. "Ophie va peut-être mettre une minute à arriver."

Matz fit passer sa langue sur sa rangée de dents supérieure. "Suicide, tes premières cibles étaient bien groupées. Tu les as atteintes toutes les trois dans une zone de la taille d'une assiette. Quand t'es arrivé aux cibles suivantes, tu sais pourquoi t'as raté la première plaque ?"

J'ai pris une gorgée d'eau. "Parce qu'elle n'était pas de la taille réglementaire ?"

"Tu as tiré alors que tu venais tout juste de finir ton sprint. Je connais beaucoup de gars qui pourraient y arriver, mais tu n'en fais pas partie. Arrête-toi, respire un coup et tire. Pour les quatre cibles en papier, ton placement était parfait, mais tes tirs étaient trop groupés. Sur trois d'entre elles, tes tirs étaient groupés dans une zone de la taille d'une pièce de monnaie, ce qui veut dire que tu aurais dû tirer plus vite. Tu as encore gagné quatre secondes sur ton parcours le plus rapide, mais tu as encore beaucoup de progrès à faire et on n'a le temps de faire que quelques répétitions de plus avant le grand jour. Alors ne te repose pas sur tes lauriers." Il regarda le patron. "C'est tout ce que j'avais à dire."

Le patron se retourna, mit les mains de part et d'autre de sa bouche et cria : "Ophie ! Tu dors ou quoi ?"

"Non, j'arrive", répondit-il en criant par-dessus le bruit de la brise. Plusieurs longues secondes s'écoulèrent avant qu'il ne sorte des bois balayés par le vent. Une silhouette grande et maigre, portant un fusil SCAR-H chargé de balles de calibre 7,62. Le fusil était surmonté d'une longue lunette, qui me laissa penser qu'il avait son fusil pointé sur moi à chaque fois que je me trouvais sur le champ de tir avec une arme.

Il s'est arrêté derrière le patron et a ouvert le sac à dos pour en sortir une bouteille d'eau qu'il a descendue en quelques gorgées. De longues mèches de cheveux couleur paille étaient plaquées par la sueur sur son front, derrière des lunettes de soleil foncées. Quand il eut fini de boire, il s'est essuyé la bouche avec le revers de la main et a dit : "Putain, il fait chaud ici."

Le patron et Matz l'ont regardé sans rien dire, ce qui a poussé Ophie à ajouter : "C'est toujours aussi gai avec vous les gars. David, t'es toujours énervé que Matz ait été sur toi dans une chambre d'hôtel bon marché ?"

J'ai secoué la tête. "Ce qui me dérange, c'est qu'il avait une érection."

"Va te faire foutre, Suicide", rétorqua Matz.

Ophie sourit. "Allez, marrez-vous un peu, merde."

Le patron secoua la tête. "Tu as quelque chose à ajouter ?"

Ophie mit une main sur sa hanche, pencha la tête en arrière et poussa un long soupir.

"Puisque vous avez commencé votre petite séance de thérapie de groupe avant que je revienne de la forêt, je ne sais pas ce que vous avez déjà dit. David, tu as l'air plutôt en forme d'après ce que je vois. Tes mouvements sont fluides. Tu n'as plus l'air d'un robot, comme au début. Ça te servira quand tu seras dans le bâtiment sans renfort. Dès que tu arriveras sur le toit, je pourrai te voir dans ma lunette. Quand tu appelleras dix secondes avant de sauter, j'irai dégager tous ceux qui pourraient poser problème quand ils verront un enfoiré masqué arriver du ciel comme un ange de la mort. Ne t'étonne pas si tu dois enjamber quelques corps en partant."

J'ai regardé mon reflet dans ses lunettes de soleil et j'ai

essuyé une goutte de sueur de mon nez. "L'adrénaline me transforme en un putain d'athlète. Après le meurtre de Saamir et le saut, j'enjamberai tout ce que tu voudras."

Ophie se gratta l'arrière de la tête, puis regarda Matz et Boss.

"Je vais être honnête avec vous, les gars. Je pense que le gamin est prêt."

10

J'ai poussé le couvercle au-dessus de ma tête, puis je me suis levé dans la caisse et j'ai pointé mon pistolet à l'extérieur.

Ne voyant que des rangées de caisses d'expédition et des étagères sur des murs en béton, j'ai fini de pousser le couvercle et j'ai balayé le quai de chargement avec mon pistolet. Sur le mur opposé, j'ai vu le large ascenseur dont les portes en acier étaient éclairées par des tubes fluorescents. Un léger souffle d'air s'échappait du plafond alors que j'inhalais l'odeur du béton et de la poussière et que mes sens s'enflammaient avec l'imminence d'une expérience potentiellement mortelle. Je m'étais mis au BASE jump pour remplacer l'excitation du combat.

Ce soir, j'aurais les deux.

J'ai mis le pistolet dans son étui et j'ai sauté de la caisse, puis j'ai refermé le couvercle avant de me faufiler derrière un chariot élévateur pour envoyer ma première transmission.

"Rouge, je donne le coup d'envoi."

"Bien reçu, coup d'envoi. Bonne chasse."

J'ai penché mes épaules vers l'avant pour m'étirer le dos et j'ai secoué mes jambes l'une après l'autre pour rétablir ma circulation sanguine. Après avoir sautillé trois fois sur place sur la plante des pieds, je me suis dirigé vers l'ascenseur de service alors que l'adrénaline commençait à couler dans mon sang. Chaque pas me semblait plus léger que le précédent.

J'ai inséré la clé rouge à côté du panneau de boutons de l'ascenseur, je l'ai tournée et j'ai attendu que les portes s'ouvrent, révélant un intérieur métallique froid. Je suis entré et j'ai appuyé sur le bouton du quinzième étage. Puis j'ai attendu que les portes se ferment en tapotant les doigts d'une main contre ma jambe et en posant l'autre main sur mon étui.

Après un délai de plusieurs secondes, les portes se sont fermées et l'ascenseur a commencé sa lente montée. Mon cœur battait de peur lorsque l'ascenseur a ralenti progressivement avant de s'arrêter bruyamment au troisième étage. Les portes se sont ouvertes et ont révélé un homme à la barbe blanche et courte. Il portait un pantalon beige et une chemise bleue, avec un large étui noir accroché à une sangle sur son épaule. Un grand téléphone clignotait, attaché à un clip à sa ceinture. Il tenait un porte-bloc en aluminium rempli de documents dans une main.

"Bonsoir", dis-je, en faisant de mon mieux pour avoir l'air calme et pour que ma présence semble légitime.

Il m'a regardé avec surprise, puis il est entré et m'a dit : "Bonsoir. Tu es nouveau dans la boîte ?"

"Je suis de la maison mère."

Il appuya sur le bouton du onzième étage et jeta un regard suspicieux sur mon gilet de sécurité alors que les portes se fermaient. "De la maison mère... ah, merde, ça veut dire qu'on a un autre de ces exercices qui arrive ?"

J'ai haussé les épaules d'un air évasif. "Il y a beaucoup de commandes ce soir ?"

"Ce bâtiment tombe en ruine. Tu peux demander à n'importe qui ici. Ils ont viré trois gars dans mon équipe à cause de coupes budgétaires et ne peuvent soi-disant pas se permettre de payer des heures supplémentaires à ceux qui restent, mais quand je monte dans les bureaux en haut, ils sont décorés comme un foutu musée d'art."

"Peut-être qu'on s'est tous les deux trompés de métier."

"Je te le fais pas dire". Il regarda l'indicateur d'étage qui passa sur dix, et l'ascenseur commença à ralentir. "C'est là que je m'arrête. Bonne soirée."

J'ai dégainé le Glock et je lui ai tiré une balle dans tête à bout portant. Une épaisse gerbe de sang a frappé le côté opposé de l'ascenseur et ses documents sont tombés sur le sol métallique.

J'ai rapidement appuyé sur un bouton avant que les portes ne s'ouvrent et j'ai changé de chargeur alors que l'ascenseur se dirigeait à nouveau vers ma destination.

"Rouge, j'envoie un perroquet dans l'ascenseur." J'ai cherché la douille par terre et je l'ai mise dans ma poche. J'ai répété la transmission radio, mais je n'ai pas reçu de réponse du patron.

Après ce qui sembla être une éternité, l'ascenseur s'arrêta au quinzième étage. Lorsque les portes se sont ouvertes, j'ai pointé mon Glock, prêt à tuer quiconque aurait la malchance d'être témoin de la scène de crime dans l'ascenseur.

Mais je ne vis qu'un couloir sombre avec des murs gris sans décoration et une série de portes fermées.

J'ai rangé mon pistolet et appuyé sur le bouton du quai de chargement avant de sortir et d'émettre à nouveau.

"Rouge, j'envoie un perroquet dans l'ascenseur."

"*Bien reçu, un perroquet.*"

"Il faudra nettoyer quand le gars viendra chercher la caisse. Je viens de renvoyer l'ascenseur en bas."

"*Négatif, c'est trop tard. Continue la mission.*"

"Merde", me murmurai-je, en respirant rapidement alors que

je me précipitais dans le couloir jusqu'à la porte de la cage d'escalier.

"Premier essai."

"Bien reçu, premier essai."

L'escalier était large et vide, et chaque pas résonnait au milieu d'une odeur persistante de peinture fraîche. Je grimpais l'escalier à un rythme soutenu, en passant devant des tuyaux et des vannes à chaque palier. Tous les deux virages, je passais devant une porte avec une petite fenêtre au-dessus de la poignée et un numéro peint au pochoir sur le sol.

Une fois arrivé au trente-deuxième, je me suis arrêté à côté de la porte.

"Rouge, j'envoie le deuxième essai."

"Bien reçu, deuxième essai."

J'ai pris deux inspirations et j'ai ouvert la porte donnant sur un couloir avec une moquette soignée et des murs en bois clair éclairés par une rangée de petits plafonniers circulaires.

Ce n'était pas la première fois que je voyais ce décor. Le patron m'avait montré une vidéo de cet étage, prise par quelqu'un en caméra cachée. La vidéo avait été prise pendant les heures de bureau, et d'autres personnes bloquaient fréquemment la vue du trajet que je faisais maintenant moi-même.

La voix du patron crépita dans mon oreillette : "*Pénalité. Pénalité. Pénalité.* "

Je me suis mis à courir et j'ai transmis : "En attente de confirmation, je fonce."

Alors que je tournais à droite au bout du couloir, les lumières de secours ont commencé à clignoter sur les murs. Une voix automatisée provenant des haut-parleurs du plafond dit : "*Alerte d'urgence. Tireur actif. Entrez dans la pièce la plus proche et verrouillez la porte. Ceci n'est pas un test. Attendez que les agents de sécurité du bâtiment vous disent de sortir. Alerte d'urgence. Tireur actif...*"

Le bureau se trouvait au bout du couloir devant moi. Je me suis élancé dans un sprint effréné, quand le patron a dit : "*La sécurité vient le chercher. Deux minutes pour évacuer*."

Je me suis arrêté net et j'ai tiré sur une alarme incendie sur le mur à ma gauche. Une sirène a retenti avant que la voix automatique annonce : "*Alerte incendie. Évacuez immédiatement...*"

Alors que je repartais dans le couloir, le patron a dit : "Forfait. Forfait. Forfait."

"Donne-moi la confirmation", dis-je à bout de souffle.

"*Tu n'as pas le temps. Forfait*."

"Appelle-le, putain !" J'ai tourné à gauche dans la suite de bureaux et je suis passé en courant devant la réception et le hall. Les bureaux et les postes de travail étaient alignés en rangées bien ordonnées, et je suis passé devant la salle de conférence pour me rendre dans le bureau de la secrétaire alors qu'une vague de peur commençait à me submerger.

"Troisième essai."

"*Confirmation négative. Forfait.*"

J'ai couru jusqu'à la porte de la secrétaire. Elle était fermée, et j'ai commencé à tâtonner pour insérer la clé blanche accrochée à ma ceinture. Après avoir ouvert la porte, j'ai sorti mon pistolet et j'ai vu de la lumière passer sous la porte fermée du bureau de la cible.

Son téléphone sonnait.

Je me suis approché de la porte et j'ai doucement actionné la poignée.

J'ai fait un pas pour entrer, puis j'ai aperçu le bureau et les peintures, mais je n'ai vu personne.

Un coup de feu assourdissant a retenti à côté du bureau. De la poussière de plâtre est sortie du mur près de ma tête et j'ai sauté sur le côté, en balançant sauvagement mon pistolet vers la flamme qui était sortie du canon. J'ai tiré à l'aveuglette, vidant un tiers du chargeur avant de réfléchir à ce qui se passait.

Une femme s'est mise à crier hystériquement.

J'ai couru derrière le bureau avec mon Glock en l'air et j'ai vu le corps de Saamir s'effondrer sur le sol. Cinq impacts de balles ensanglantés lui couvraient le flanc et la poitrine, et un revolver reposait sur les doigts d'une de ses mains. À côté de son corps, une femme était accroupie sur ses talons et ne portait qu'une jupe et un soutien-gorge en dentelle noire. Ses yeux étaient remplis de peur et son expression était figée par l'horreur.

J'ai pointé l'arme sur son visage. "Ne me regarde pas."

Elle a baissé la tête et a mis ses mains tremblantes sur ses yeux tandis que je visais l'arrière de la tête immobile de Saamir. J'ai tiré deux autres balles, et un tas de chair et de sang a giclé contre le sol. Lorsque je me suis retourné et que je suis sorti du bureau en courant, tout en rechargeant mon arme, j'ai remarqué une carafe et deux verres sur le bureau, à côté d'une page de magazine sur laquelle était posé un joli tas de poudre blanche.

Lorsque j'ai quitté le bureau, les cris de la femme et la sonnerie du téléphone ont été remplacés par l'alarme incendie. "*...immédiatement. Alerte incendie...*" J'ai alors reçu une transmission du patron dans l'oreillette.

"*...déjà à ton étage. Forfait. Forfait.*"

Lorsque j'ai tourné au coin du bureau de la secrétaire, j'ai failli rentrer dans deux agents de sécurité. Un homme noir imposant était en tête, suivi d'un grand homme blanc. Ils portaient tous les deux des uniformes bleu marine assortis. Ils avaient dégainé leurs armes de poing automatiques et couraient avec les coudes pliés et les canons pointés vers le haut comme dans les vieux films d'espionnage. Je les ai abattus tous les deux en vidant le chargeur aussi vite que je pouvais, et je suis passé au-dessus de leurs corps en courant.

Alors que je longeais les bureaux, j'ai entendu le patron dire

"...cinq *autres arrivent vers les bureaux...*". Je me suis accroupi derrière une table alors que d'autres gardes entraient en trombe et se dirigeaient vers les cris lointains de la femme.

Je réfléchissais à mon itinéraire en attendant qu'ils passent, sachant que la moindre erreur pourrait m'être fatale. Je me suis levé et j'ai couru vers la porte du bureau avant de tourner à droite dans le couloir. Je n'avais fait que trois ou quatre pas lorsque deux autres gardes sont apparus dans la cage d'escalier. En ralentissant pour marcher, je leur ai vidé un demi-chargeur dessus. Ils ont tenté de se replier dans la cage d'escalier, mais l'un d'eux a pris une balle dans l'omoplate et est tombé par terre pendant que je lui vidais le reste de mon chargeur.

Puis j'ai tourné les talons et j'ai couru dans la direction opposée alors que des coups de feu retentissaient derrière moi.

Je suis à nouveau passé devant la porte du bureau et j'ai entendu un des gardes crier alors que des coups de feu fusaient dans l'air. Une rafale de balles a fini sa course dans le mur du fond alors que je me jetais à la première intersection du couloir. J'ai rechargé mon arme en courant et en essayant désespérément de me rappeler du plan du bâtiment. J'ai tourné à gauche dans un long couloir latéral, sachant pertinemment qu'ils seraient sur moi bien avant que j'en atteigne le bout.

Je me suis tourné rapidement, je me suis accroupi en pointant mon arme dans la direction d'où je venais, en attendant qu'ils arrivent. En quelques secondes, les premiers agents de sécurité sont apparus, et j'ai ouvert le feu. Les deux premiers gardes sont tombés sous une pluie de balles. J'ai visé le premier qui rampait sur ses coudes pour se mettre à l'abri et lui ai tiré une balle dans la tête, avant de tirer une autre balle dans le second, qui était étendu immobile à côté du premier.

Mon chargeur était vide.

Je me suis levé et je suis parti en courant dans le long couloir avant que les gardes ne se décident à me poursuivre. Je tâtonnais à la recherche d'un chargeur à ma ceinture, mais je n'en ai pas trouvé. J'ai fouillé dans ma poche et en ai sorti un chargeur à moitié plein que j'avais utilisé plus tôt. Je l'ai enfoncé dans le pistolet avec un sentiment de soulagement euphorique qui n'a pas tout à fait suffi à compenser la panique qui me submergeait.

En arrivant à l'intersection suivante, j'ai vu mon dernier espoir de salut : un panneau "sortie" au-dessus d'une porte, marquant la seule autre cage d'escalier vers le toit. J'ai couru vers elle en désespoir de cause, et entendu des coups de feu derrière moi au moment où je passais la porte.

J'ai commencé à monter les marches trois par trois. Dans le brouhaha causé par l'alarme incendie et l'alerte d'urgence, j'ai entendu les pas des gardes qui me poursuivaient. J'ai tiré quelques coups de feu derrière moi en courant, en espérant que les balles ricocheraient sur les murs et les ralentiraient. J'ai vidé mon chargeur en atteignant le trente-sixième étage. J'ai enclenché mon dernier chargeur partiellement plein en continuant mon ascension.

Le patron a transmis : "*Ils croient que tu es dans la cage d'escalier ouest. Ils envoient une équipe dans l'escalier est pour essayer d'atteindre le toit avant toi.*" J'arrivais au trente-huitième étage quand il a ajouté, "*Ils sont déjà sur le toit.*"

J'ai gravi la dernière partie de l'escalier, en mettant mon bras gauche sur mon visage dans une tentative désespérée de le dissimuler aux caméras de surveillance alors que j'approchais de la porte du toit.

Une brise d'air chaud m'a frappé le visage lorsque je suis sorti dans l'obscurité. J'ai tourné à droite et vu deux hommes avancer entre des climatiseurs à hauteur d'épaule qui bourdonnaient. J'ai tiré sur les deux, sans savoir si mes balles avaient atteint leurs cibles, car je visais déjà autre homme de l'autre côté du toit. J'ai vu des flammes sortir des canons des armes de plusieurs gardes qui ripostaient.

Lorsque j'ai tiré ma dernière balle, j'ai senti la culasse du Glock se bloquer en position arrière.

Je me suis retourné et j'ai sprinté, en laissant le pistolet tomber sur le sol. Tout en courant, j'ai ouvert la fermeture éclair de mon gilet et l'ai enlevé alors que je m'approchais d'un mur de parpaings à hauteur de taille. J'ai sauté en posant un pied sur le haut du mur et je me suis propulsé vers l'avant aussi fort que j'ai pu.

Je me suis envolé dans le vide.

Le temps a ralenti, alors que mon corps tombait en décrivant un large arc de cercle à près de cent-vingt mètres au-dessus des voitures. Leurs phares formaient une rivière qui coulait entre les bâtiments dont chaque surface scintillait de mille fenêtres éclairées. J'ai essayé de ralentir le battement de mes bras et de mes jambes pour prendre une position de chute libre stable, alors que je passais au-dessus de deux camions de pompiers qui répandaient leur étrange lueur rouge dans la rue en contrebas.

Le bruit est devenu assourdissant et les lumières ont accéléré vers moi dans une trajectoire tremblante alors que je luttais pour amener ma main droite au niveau de ma taille. J'étais très bas quand j'ai enfin saisi mon extracteur et que je l'ai jeté sur le côté.

Mon corps a accéléré de façon exponentielle vers le trottoir et je me suis préparé à l'impact.

J'ai été secoué violemment lorsque ma voile s'est déployée, puis j'ai saisi les commandes et j'ai baissé mon bras gauche en dessous du niveau de la taille. Le virage serré m'a permis d'éviter de justesse le bâtiment qui se trouvait devant moi, et lorsque j'ai essayé de m'aligner avec la rue sur ma droite, mon corps s'est balancé vers la gauche comme un pendule.

Je regardais les piétons éparpillés sur le trottoir à côté des vitrines éclairées, à cinq mètres sous moi, alors que je tirais sur les commandes pour ralentir la voile dans ses dernières secondes de vol. Mon bras gauche était baissé à fond, alors que mon bras droit était au niveau de ma taille pour essayer de me mettre en palier. Contre toute attente, j'ai réussi à tenir le cap jusqu'à toucher l'asphalte. La dernière chose que j'ai vue avant l'impact a été l'image de quatre adolescents riant autour d'une table à travers la fenêtre d'un restaurant.

Mon flanc gauche a heurté le trottoir si fort que ma vision a été brouillée par un flash de lumière.

J'ai eu le souffle coupé un instant, alors que ma voile tombait mollement derrière moi. J'ai eu l'impression que j'allais suffoquer. Alors que j'essayais de trouver la poignée pour libérer mon parachute, j'ai senti des mains m'attraper sous les bras et me hisser sur mes pieds. J'ai vaguement entendu une voix m'appeler alors que j'inspirais mes premières bouffées d'oxygène.

"Putain de merde ! T'es un BASE jumper, mec ?"

Le visage d'un homme d'une vingtaine d'années puant l'alcool planait devant moi, et ma vision floue enregistra plusieurs autres personnes qui se regroupaient autour de nous.

"Taxi", dis-je en bredouillant.

Il hurla de rire avant de dire : "Mec, le timing était parfait. Y'a plein de flics qui viennent juste de passer !"

J'ai essayé de sourire alors que je continuais à essayer de reprendre mon souffle et j'ai été frappé par l'odeur de la pizza fraîche et des gaz d'échappement. Le groupe m'a aidé à monter dans à l'arrière d'un taxi.

"Allez-y", dis-je au chauffeur.

"Attendez !" cria une voix depuis le trottoir. "Retenez ce taxi !" Un des jeunes courait vers le taxi avec mon parachute, qui était maintenant tout emmêlé dans les suspentes et les élévateurs. Il l'a posé sur mes genoux et m'a tapé sur l'épaule.

"Fais gaffe la prochaine fois, mec !"

"Ouais. Je vais me mettre au tennis", dis-je en fermant la portière.

"Où est-ce que vous allez ?" demanda le chauffeur.

"Dans la zone industrielle de Pullman."

Il commença à rouler à un rythme tranquille, alors que je respirais profondément sur le siège arrière en voyant défiler des groupes de personnes qui fumaient des cigarettes à l'extérieur d'une rangée de bars.

Lorsque j'ai repris mes esprits après l'impact, j'ai commencé à sentir la montée d'endorphines que l'on ressent toujours après un saut. Je savais qu'il me restait une heure au mieux avant que les effets de l'adrénaline ne s'estompent et que mon corps ait l'impression d'avoir été frappé par un semi-remorque. J'ai revu le visage de la femme qui criait et je me suis demandé ce que l'équipe dirait. Je ne savais pas si je serais toujours en vie au lever du soleil. Soit ils avaient prévu de me tuer une fois le travail terminé, soit ils voudraient le faire, maintenant que j'avais ignoré l'ordre d'annuler la mission. J'aurais pu choisir de m'enfuir, mais je savais que seul, mes chances étaient encore pires.

Et, comme le patron l'avait prédit, je voulais qu'on me confie d'autres missions.

J'ai mis la main sur mon cou pour trouver l'oreillette qui s'était détachée lorsque j'avais heurté le trottoir, je l'ai remise dans mon oreille et j'ai parlé dans le micro.

"Rouge, j'ai besoin qu'on me récupère au point deux."

KARMA

In cauda venenum

-Dans la queue, le venin

11

"Et elle était bonne ?" demanda Ophie.

"Oui", répondis-je.

Il se contenta de hausser les épaules.

"Quelle différence ça fait ? C'était une Asiatique ?" demanda Matz.

"Non."

"Alors, elle était pas si bonne que ça, si ? Pourquoi tu ne lui as pas tiré dessus, Suicide ?"

"Elle portait de la lingerie, putain."

"On te fait t'entraîner sur des cibles de femmes enceintes et de zombies et tu t'étouffes quand tu vois une culotte ? T'as treize ans ou quoi ?"

Comme la plupart des réunions à la maison, celle-ci se déroulait autour de la table en chêne posée sur le sol en lino qui craquait sur les bords. Je regardais à travers la porte coulissante en verre derrière le patron, en direction du porche en bois blanchi qui donnait sur la cour envahie par la végétation où j'avais passé des heures enfermé dans la caisse. Au-delà de cette cour se trouvait une forêt dense avec un sentier menant au champ de tir où je m'étais préparé à tuer Saamir.

"Pour sa défense, il a fini par avoir besoin de toutes les munitions", dit Ophie,

Le patron tourna la tête vers moi. "Cinq chargeurs auraient suffi s'il avait avorté quand je lui ai dit de le faire."

"Si j'avais avorté, Saamir serait encore en vie."

"La prochaine fois que tu désobéis au patron, c'est toi qui ne seras plus en vie", répondit Matz.

Le patron l'interrompit en levant la main, avant de se tourner vers moi. "David, ce n'était pas censé être un événement médiatisé. Comme tu n'as pas arrêté quand je te l'ai dit, on a maintenant une traînée de cadavres qui attire tous les médias. On s'est occupés du chauffeur de taxi, mais il y a encore les piétons qui ont vu ton visage. Si ça se trouve, ils sont en train d'aider la police de Chicago à établir un portrait-robot. Et puis n'importe qui dans la rue aurait pu te retenir, plutôt que t'aider à monter dans un taxi, surtout si tu avais eu le putain de flingue que tu n'étais pas censé laisser sur la scène du crime."

"Je pense qu'il a compris la leçon, les gars", déclara Ophie. "Le pauvre avait une horde de mecs enragés au cul et a fait un saut de l'ange du haut d'un bâtiment. Je ne pouvais pas fumer les gars sur le toit assez vite, et David n'a même pas remarqué. S'il avait trébuché en allant vers le bord, il serait à la morgue en ce moment même au lieu d'être ici avec nous. Il a l'expérience de la guerre et s'est fait les dents avec nous. Je dis qu'on devrait le prendre."

"Il n'a été déployé que deux fois au front", ajouta Matz. "Puis il s'est barré de l'armée et a passé les cinq dernières années dans une salle de classe, à essayer de devenir un putain d'officier. Avec tout le respect que je te dois, patron."

Ophie répondit : "Mais il a probablement tué autant de personnes hier soir que moi lors de mon deuxième déploiement."

"S'il y avait eu un autre moyen de sortir de ce bâtiment que par le toit, c'est moi qui y serais allé. Il est le seul à savoir sauter en parachute."

"Il a des compétences indéniables, mais ce métier n'est pas fait pour quelqu'un qui remet en cause les ordres", dit le patron.

"J'ai merdé, patron", dis-je. "Ça n'arrivera plus."

Il m'a regardé. "Tu comprends ce que ça implique de travailler dans cette équipe ?"

"Je comprends."

"Si ce ne sont pas tes ennemis qui te tuent, c'est ton employeur qui pourrait le faire."

"Compris."

"Et si tu décides de poursuivre sur cette voie, tu finiras par devoir quitter le pays. Et la route sera longue et périlleuse avant ça. Ou alors, tu peux prendre ton argent pour avoir tué Saamir et partir maintenant."

"Je ne m'en sortirais pas tout seul."

Matz dit au patron : "On n'est pas un centre de réhabilitation pour dépressifs. Et le fait que tu sois déprimé ne devrait pas être une excuse pour qu'on te donne du travail. On ne reprendra pas Caspian."

"David, laisse-nous", dit le patron en me regardant.

J'ai regardé leurs visages, puis j'ai posé mes mains sur la table pour me lever. Lorsque j'ai quitté la salle à manger, j'ai entendu Ophie dire : "Le gamin a été une vraie éponge depuis une semaine. Imaginez ce qu'il pourrait être si on travaillait avec lui..."

L'intérieur de cette maison isolée me faisait penser à un endroit où Daniel Boone serait venu pour fumer de l'herbe. Je marchais d'un pas raide sur le plancher en bois rayé du salon, passant entre des canapés et des fauteuils de relaxation abîmés, entourés de bibliothèques remplies de livres couverts de poussière. Puis j'ai descendu un escalier étroit qui donnait sur deux portes fermées.

La pièce de gauche menait à la cave où le patron m'avait interrogé au début. J'ai tourné à droite et j'ai ouvert la porte.

Ma chambre contenait des meubles en bois bon marché, ses murs avaient été peints il y a longtemps dans une teinte oppressante jaune moutarde. Les tiroirs de la commode étaient remplis de vêtements pour homme qui ne m'appartenaient pas, mais qui appartenaient probablement au même propriétaire que les chaussures de course que j'avais trouvées sous le lit.

Je me suis assis sur le bord du matelas, et les ressorts ont grincé bruyamment. Mon corps tout entier était douloureux, suite à mon crash sur le trottoir, les pires douleurs étant sur mon côté gauche. Je me suis allongé sur le dos, avec les mains sur les côtés et j'ai essayé de redresser ma colonne vertébrale. Des toiles d'araignée ornaient les coins du plafond gris, et je pouvais entendre le murmure indistinct des voix dans la cuisine au-dessus.

J'ai fermé les yeux.

Aurais-je dû tirer sur la femme ? À vrai dire, je n'y avais même pas pensé. Je lui ai dit de ne pas me regarder, et elle a obéi. J'ai fait mon travail et je suis parti. Si l'un de nous devait mourir, il valait mieux que ce soit moi, plutôt qu'elle.

En expirant lentement et longuement, je me suis frotté mon épaule gauche lancinante et j'ai balayé cette pensée de mon esprit.

Des flashs de la nuit précédente me traversèrent l'esprit. Je ne voulais pas m'arrêter après une seule mission. La perspective de missions supplémentaires était une bouée de sauvetage à laquelle je voulais m'accrocher pour résister aux courants qui menaçaient de m'emporter. J'ai repensé à ma rencontre avec le colonel après avoir appris que je n'étais pas apte pour l'armée. *Les télécommunications sont un secteur très prisé en ce moment.* J'ai pensé à un avenir alternatif dans lequel Laila essayait de renouer avec son ex, se sentant coupable de ne pas avoir pu me soutenir dans ma maladie alors qu'elle en avait l'occasion. Pourquoi aurait-elle fait ça ? Pourquoi s'était-elle intéressée à moi, un gamin qui avait grandi en foyer d'accueil, qui avait raté ses fiançailles et dont la tête était remplie de souvenirs d'une guerre qui n'avait plus d'importance pour personne ?

Mais courir à travers ce bâtiment en tirant sur des hommes armés en tentant désespérément d'atteindre le toit — c'était comme un rêve éveillé, un événement qui avait changé ma vie en faisant appel à toutes mes expériences passées. Je me foutais que mon corps me fasse mal à présent. Je me foutais que la fille soit toujours en vie. Et, tout au long de la planification et de l'exécution de cette mission, je ne m'étais pas soucié un instant de Sarah ou de Laila ou de qui que ce soit d'autre.

Je ne me souciais pas de l'armée non plus. Quatre années perdues à West Point, cinq en comptant l'année de cours préparatoires, et je n'étais pas assez bon pour repartir au combat ? Maintenant, j'avais fait quelque chose de bien plus dangereux que tout ce que j'avais pu faire à la guerre, quelque chose que mon commandement n'aurait jamais approuvé. Et si je l'avais fait à la guerre, ils auraient épinglé des médailles sur ma poitrine.

Je me suis dit que j'emmerdais l'armée, et que j'emmerdais le patron et Matz. S'ils voulaient me tuer pour la façon dont j'avais géré la situation avec Saamir, ils pouvaient y aller. S'ils me bannissaient, je finirais le putain de boulot que j'avais commencé le soir où je les avais rencontrés. Je ne pouvais pas les forcer à me donner plus de travail, pas plus que je ne pouvais forcer l'armée à m'engager. S'ils ne me prenaient pas, je passerais une dernière nuit à écrire et à boire et je laisserais mon ordinateur portable raconter mon histoire. S'il finissait dans une poubelle sans avoir été lu, je n'en avais rien à foutre.

Matz interrompit mes pensées en criant d'en haut.

"David ! Ramène ton cul ici !"

J'ai ouvert les yeux, j'ai regardé ma montre, et j'ai constaté qu'une demi-heure s'était écoulée. Je me suis levé en grognant et j'ai monté l'escalier étroit pour rejoindre l'équipe.

"Assieds-toi", dit le patron quand je suis entré dans la salle à manger. Je me suis assis, en essayant de dissimuler ma douleur et en remarquant qu'aucun d'entre eux n'avait bougé de sa chaise.

Il leva une main pour se frotter la tempe. "On fait tous des erreurs, David. Je l'accepte. Je ne vais pas te reprocher d'avoir laissé cette fille en vie après qu'elle t'ait vu. Je dirais que tu t'es retrouvé dans une situation complexe avec un entraînement insuffisant parce qu'on était pris par le temps. Personne ne s'attendait à ce que tout se passe comme prévu. Mais je ne tolérerai pas que toi ni personne d'autre, ignore ouvertement un ordre. Si tu t'en es sorti la nuit dernière, c'est parce que tu as eu de la chance et parce que les gardes ne tirent probablement que deux fois par an."

J'ai hoché la tête avec déférence. "Tu as raison."

"Indépendamment de ton manque de jugement lorsque tu as décidé d'ignorer un ordre, ton expérience militaire est sans importance compte tenu de ce que nous faisons. Tu n'as tout simplement pas l'expérience que nous recherchons et, compte tenu de ton état de santé, tu ne l'auras jamais. Cependant..." — il baissa la main et la posa à plat sur la table entre nous — "il nous manque un homme et les choses sont sur le point de passer à la vitesse supérieure. On ne peut pas t'accepter comme partenaire à part entière, mais on peut te donner une chance en tant que stagiaire. Dans d'autres circonstances, on n'envisagerait même pas ta candidature. On décidera chaque jour si on continue de faire appel à toi. Si tu fais à nouveau quelque chose ce travers, tu dégages."

Matz se pencha en avant avec les coudes sur la table, et posa son menton sur ses gros poings. "Nos chances de réussite sont déjà assez faibles comme ça. N'aggrave pas les choses en faisant quelque chose de con, comme ignorer un ordre du patron, alors qu'il essaie juste de te sortir d'une situation vivant. Et si tu mets en danger la vie de quelqu'un ici, surtout la mienne, je n'hésiterais pas à te tuer. Pigé ?"

"Compris, Matz."

Ophie était penché en arrière sur sa chaise et n'a pas bougé d'un pouce quand il a dit, en me regardant dans les yeux : "Je ne vais peut-être pas faire l'unanimité en disant ça, mais je t'ai vu sur le toit, et je serais prêt à me battre à tes côtés. Je ne dis pas que tu es un don du ciel pour l'escadron de la mort, mais personne qui a déjà fait ce travail ne s'y est jamais senti préparé. La plupart d'entre eux avaient beaucoup plus d'expérience que toi. Alors ne sois pas trop dur avec toi-même. La prochaine fois, bute cette salope et rentre quand le patron sonne la cloche du dîner."

Avant que je ne puisse répondre, Matz a dit : "Bon, Suicide, les vacances sont terminées. Notre prochaine mission arrive, et en fonction de ce que fera l'individu ciblé, on frappera soit un convoi, soit une maison. J'espère que tu sais toujours utiliser un M4, car il va falloir que tu sois au point sur les tirs de loin et le nettoyage en intérieur. Et les agents de sécurité ne seront pas des amateurs cette fois-ci. T'auras affaire à des professionnels à qui ça ne pose aucun problème de tuer des flics, et encore moins d'autres criminels. Alors arrête de boiter et de t'apitoyer sur ton sort. Ta formation reprend aujourd'hui."

12

Il était nu quand je suis entré dans la cave, à l'exception d'une cagoule sur la tête.

La chaise semblait bien trop fragile pour son corps énorme, et les liens qui le retenaient semblaient insignifiants contre ses muscles trempés de sueur. Des lignes écrites en cyrillique couvraient son flanc gauche, tandis que l'épaule opposée portait une cicatrice de brûlure jusqu'au milieu de sa poitrine, qui se gonflait et retombait à chaque respiration.

Au lieu de faire face au mur sur lequel étaient autrefois affichées les photos du bâtiment de Saamir, la chaise faisait maintenant face à des caisses noires. Matz était assis dessus et fixait l'homme d'un air impassible. Le patron se tenait à côté de lui et buvait un café. Je me suis assis à côté de Matz.

Ophie est entré dans la pièce d'un air décontracté et s'est approché en marchant sur les bâches bleues qui recouvraient le sol. Il s'est arrêté devant une table pliante à quelques mètres de l'homme assis dans la chaise, puis il a laissé sa main flotter au-dessus d'une sélection d'outils — une perceuse électrique, un sécateur, un couteau, un marteau, une scie à métaux — avant de choisir une seringue fine. Il l'a prise et l'a tenue devant la lumière, en pointant l'aiguille vers le haut et en la tapotant délicatement.

Il s'est approché de la chaise et a injecté la solution dans le bras de l'homme inconscient. Nous regardions la tête inclinée et encapuchonnée, en attendant une réaction. Quelques secondes plus tard, sa respiration s'est accélérée et il s'est mis à haleter. Il a levé la tête, et la cagoule s'est balancée d'un côté à l'autre pendant que nous attendions en silence.

"Je suis réveillé", dit l'homme avec un faible accent d'Europe de l'Est.

Ophie a arraché la cagoule, et l'homme a découvert son environnement en plissant les yeux. Il était chauve et mal rasé. Ses yeux passèrent d'Ophie au patron et Matz avant de se poser sur moi.

"Je vois que vous n'avez pas perdu de temps pour renouveler les rangs. C'est qui ce gamin ?"

"Luka, David. David, je te présente Luka", dit Ophie.

Les yeux de l'homme ne quittèrent pas les miens. "Je ne te connais pas."

Ophie claqua des doigts, attirant à nouveau l'attention de Luka sur lui. "T'as le trac ou quoi ? Occupe-toi de tes putains d'affaires."

Luka fixa Ophie d'un air défiant. "Je ne te dirai rien."

"C'est adorable. Tout ce temps passé dans ce pays et tu parles toujours avec l'accent d'un putain de méchant de cinéma. Détends-toi, ce n'est pas un interrogatoire."

"Alors, qu'est-ce que c'est ?"

"Ton jugement. On sait que tu as tué Caspian. Tu es ici pour répondre de tes actes. Et maintenant qu'on a réglé ce problème, tu peux dire ce que tu veux jusqu'à ce que je te tue. Mais avant ça, tu vas passer l'heure la plus longue de ta vie. Tu peux chanter l'hymne national macédonien, si tu veux. Mais je parie que tu vas juste gueuler comme une fillette."

"Si ça t'aide à te sentir mieux, vas-y, tue-moi. Je suis prêt."

"C'est sûr que ça va m'aider à me sentir mieux. Mais tu sais ce qui pourrait m'aider aussi ? C'est de trouver ton manager et de repeindre les murs avec sa cervelle."

"Bonne chance pour le retrouver. Je ne sais même pas où il est, et la torture ne changera rien à ça."

"Je te crois, Luka. Il est plutôt doué pour se cacher. S'il retournait vivre dans la haute société ou s'il rejoignait les milieux clandestins, on le retrouverait facilement. Mais changer régulièrement de maison de location, c'est un coup de génie. Ian a eu beaucoup de mal à le localiser pour nous."

"Dommage."

"Ce qui est drôle, c'est que les Saoudiens ont un sens de l'honneur personnel duquel ils ne dérogent pas. Je parie que si son neveu était tué, il viendrait présenter ses condoléances au père en deuil. Qu'est-ce que t'en penses ?"

"Tu n'arriveras jamais à coincer Saamir non plus."

"Vraiment ? C'est marrant que tu dises ça. Saamir est mort."

Luka regarda Ophie pendant un moment. "C'est des conneries", dit-il catégoriquement.

"Non, il est mort, avec sept autres gars de la sécurité. Et avec les funérailles qui approchent, je dirais que ce n'est qu'une question de temps avant que ton patron ne se pointe en douce à une heure tardive. Tu sais ce qui va se passer après ça."

"Si vous aviez pu atteindre Saamir, vous l'auriez tué il y a longtemps."

"Désolé que tu aies raté l'actualité pendant ta balade de quatorze heures dans une caisse, mais il est bel et bien mort. Quelqu'un l'a dessoudé dans son bureau alors qu'il avait une cuillère à coke dans une main et un nichon de sa directrice financière dans l'autre."

"Vous n'avez pas pu entrer dans son immeuble."

"Ce n'est pas d'entrer qui a posé problème, Luka, c'est d'en sortir. Devine qui a réussi cet exploit ?"

Les yeux pleins de rage de Luka se posèrent sur Matz.

Ophie suivit les yeux de Luka. "Pas cette fois, Luka. Matz conduisait la voiture de fuite. Saamir s'est fait descendre par le nouveau. Il s'avère qu'il aime bien sauter du haut des immeubles et ce genre de conneries. Tu ne me crois pas ?"

Luka m'a regardé de haut en bas. "Non."

"Je te propose un pari. Si Saamir est vivant, je te libère tout de suite. Je te conduirai à la station de bus la plus proche et je te donnerai un sandwich au jambon pour la route. Mais si tu as tort" — Ophie secouait la tête, comme s'il considérait ses options — "Je vais te torturer et te tuer, puis mettre ton cadavre dans le congélateur comme tu l'as fait avec le corps de mon meilleur ami pendant quatre jours avant de le jeter."

Matz intervint : "On n'a pas de place dans le congélateur. J'ai fait des courses il y a quelques jours. Tu sais bien qu'il n'y a pas de place."

"Alors jette des putains d'escalopes de poulets. Tu en cuisines tous les soirs, et je pense que je parle au nom de tout le monde ici quand je dis qu'on préférerait bouffer autre chose. Et on sait tous que tu es trop lâche pour toucher les pots de glace du patron."

"Personne ne touche à la glace", dit le patron sur un ton catégorique, en se penchant pour regarder Matz. "Ce n'est pas négociable."

"Il y a deux heures de route jusqu'au supermarché, Ophie", dit Matz.

Ophie poussa un soupir de frustration. "Bon OK, Luka, je mettrai juste ta tête au congélo si je mens..."

"ÇA SUFFIT !" cria Luka. "Je te crois pas, putain !"

Ophie sortit son téléphone de sa poche et tendit l'écran vers Luka. "Regarde ça et chiale, espèce de Macédonien de merde !"

Une expression de haine apparut sur le visage de Luka. "Je vais te tuer. *JE VAIS TOUS VOUS TUER, PUTAIN !* "

Ophie se pencha en avant, posa les mains sur les épaules tendues de Luka et dit : "Du calme. J'avais oublié que vous étiez proches tous les deux. Luka, ton ami Saamir est dans un meilleur endroit maintenant. Dieu avait un plan pour lui, et ce plan impliquait une demi-douzaine de munitions à pointes creuses Hydra-Shok et la destruction totale de son système nerveux central."

Luka s'est calmé, mais continuait à respirer rapidement par ses narines dilatées. "Les hommes de mon employeur vous tueront bien avant que vous n'arriviez jusqu'à lui."

"Tu dois être le gars attaché à une chaise le plus optimiste qui existe." Ophie s'est tourné vers nous et a mis une paire de lunettes de tir qu'il avait dans la poche de sa chemise. "Messieurs, allez-y, mettez vos lunettes de protection."

Le patron a pris trois paires de lunettes en plastique identiques dans une boîte à côté de lui et en a donné deux à Matz. J'ai regardé Matz d'un air perplexe quand il m'a tendu une paire.

"Est-ce que tu sais à quelle vitesse ou dans quelle direction les éclats d'os vont voler quand il va enfoncer la mèche de la perceuse dans son genou ?" demanda Matz.

"Non."

"Nous non plus."

J'ai mis les lunettes.

Ophie prit la perceuse électrique sur la table et appuya sur la gâchette. La longue mèche se mit à tourner et le son résonna sur les murs de pierre de la cave avant de s'arrêter. J'ai commencé à avoir la nausée.

Luka faisait de l'hyperventilation. Le haut de son corps commençait à avoir des spasmes et à suer, mais ses yeux étaient fixés droit devant lui.

Ophie s'est agenouillé et a de nouveau appuyé sur la gâchette, en enfonçant la mèche dans le genou gauche de Luka. Le gémissement aigu de la perceuse s'est soudain transformé en un son ignoble.

Luka se débattait furieusement sur la chaise et s'est mis à crier si fort qu'il m'a fait sursauter. Ophie a regardé l'extrémité de la mèche ensanglantée qui émergeait de l'autre côté de la jambe, puis l'a retirée.

"*C'ÉTAIT PAS MOI ! C'ÉTAIT L'IRANIEN !* "Des larmes et de la salive coulaient sur le visage de Luka, et vinrent se mélanger à la sueur sur sa gorge.

"C'est qui l'Iranien ?" demandais-je à Matz.

"Il est déjà mort. Arrête de parler."

Ophie reposa la perceuse sur la table et l'échangea contre un marteau. Puis il passa au sécateur, puis à la scie à métaux. La voix de Luka devenait rauque à force de crier, alors que l'air vicié et moisi de la cave se remplissait d'une odeur métallique de sang qui s'intensifiait de minute en minute.

J'avais la nausée et je me demandais si le patron allait dire à Ophie d'achever Luka plutôt que de faire durer la torture plus longtemps. J'ai vu le patron avoir un mouvement de recul quand des taches de sang ont éclaboussé le côté de sa tasse de café. Il eut l'air momentanément irrité en examinant l'intérieur de sa tasse pour s'assurer que son café était intact, puis il en a pris une autre gorgée. Sentant les yeux de Matz sur moi, j'ai tourné la tête vers Luka et regardé la scène même si je n'en avais pas envie.

Tout au long du processus, Ophie ne s'est jamais précipité.

Il est resté patient, parlant calmement à Luka alors qu'il travaillait avec l'efficacité d'un chasseur dépeçant un cerf. Lorsque la chaise tomba sous la violente agitation de Luka, Ophie la remit en place et reprit son travail. Alors que l'homme mourant vivait ses derniers instants, Ophie prit un couteau avec une large lame gris foncé de près de vingt centimètres, qui se finissait en une pointe effilée.

"Dis bonjour à Caspian de notre part", dit Ophie avant de trancher la gorge de Luka en faisant des va-et-vient réguliers jusqu'à atteindre les vertèbres. Il a raccourci ses mouvements et accéléré le rythme jusqu'à ce que la tête de Luka se sépare de son corps. La tête est tombée au sol et a roulé sur le côté, jusqu'à ce que les deux orbites ensanglantées nous jettent un regard vide.

Mon sang s'est glacé et je me suis tourné vers Matz qui me dévisageait. "Tu ferais mieux de t'endurcir avant de faire tuer quelqu'un", dit-il. "Retrouve-moi sur le champ de tir avec ton fusil et tout ton matos, dans une demi-heure. Et va vomir avant de venir."

Il se leva et quitta la cave.

Le patron fit un pas vers moi et posa sa main sur mon épaule. "Bienvenue à la guerre."

Puis il sortit derrière Matz.

Ophie tenait toujours le couteau et avait du sang sombre jusqu'à la moitié de son avant-bras. Il se tenait au-dessus de la dépouille de Luka, en respirant lentement, et semblait totalement ignorer ma présence dans la pièce.

13

"Rentre sur le tarmac par le portail", dit le patron. "Le voilà."

Les phares ont éclairé l'ouverture dans la clôture et Matz est entré avec le camion. Une silhouette au loin nous guidait à l'aide d'une lampe torche jusqu'à un avion monomoteur. Le clair de lune se reflétait sur sa surface métallique lisse, et j'ai reconnu le fuselage familier d'un Cessna Caravan, un avion duquel j'avais sauté en parachute des centaines de fois. Matz s'est arrêté juste derrière la queue de l'appareil et l'homme a éteint la lampe torche. Nous sommes alors sortis du véhicule sous un ciel noir parsemé d'étoiles.

L'homme qui se tenait à côté de l'avion avait la soixantaine bien sonnée, avec des cheveux blancs et un visage décharné. Il rangea sa petite lampe de poche dans sa veste d'une main, et tenait un énorme thermos vert de l'autre.

"Content de te voir, Joe", dit le patron en avançant pour lui serrer la main.

L'homme nous regarda et répondit d'une voix rauque : "De même, patron. Special K ne vient pas cette fois ?"

"Elle nous attend à destination."

"Vous avez abandonné quelqu'un ?"

"Non. On n'est plus que quatre, maintenant."

Il hocha la tête. "Désolé d'entendre ça. Quel est votre poids total avec les hommes et l'équipement ?"

"Un peu plus de six cents kilos."

Joe siffla. "C'est plus que d'habitude."

Matz répondit : "C'est les munitions qui sont lourdes. On sera plus légers au retour."

"Je n'ai aucun doute là-dessus. Vous pouvez charger le matériel pendant que je termine ma visite prévol. On pourra décoller dans une vingtaine de minutes. On volera trois heures et demie avant de nous poser pour faire le plein et faire une pause pipi, puis on fera un autre vol de deux heures. Vous aurez tout le temps de dormir et de vous préparer."

"C'est qui Special K ? " demandai-je lorsqu'on a commencé à transférer les caisses du camion à l'avion.

"Une putain d'emmerdeuse", répondit Matz en soulevant une caisse noire qu'il porta jusqu'à l'avion.

"Elles ont des roues, tu sais", dit Ophie.

"Va te faire foutre."

"Matz est encore plus mal luné que d'habitude. Parfait", dis-je à Ophie.

"La moitié de ce qu'il dit, c'est juste par méchanceté pour s'assurer que tu le prends au sérieux."

"Et l'autre moitié ?"

"C'est un connard." Ophie a pris un étui de fusil à deux mains et a suivi Matz. J'ai pris deux sacs à dos sur mes épaules et j'ai marché dans l'obscurité vers l'avion.

Le patron, qui faisait rouler une caisse à côté de moi, m'a regardé de haut en bas et m'a dit : "Tu as l'air nerveux."

"Je dirais plutôt confus. C'est qui Special K ?"

"Tu le sauras bien assez tôt. Tu ne devrais pas être déçu."

"Qui est Ian, alors ?" Nous nous sommes arrêtés devant la porte de l'avion pour charger les sacs et les boîtes.

"Quand d'anciens gars chargés de l'action directe passent en freelance, ça donne notre groupe. Quand d'anciens agents de renseignements passent en freelance, ça donne un groupe comme celui dont Ian fait partie."

"Alors ce n'est pas lui le chef ?"

Le patron commençait à retourner vers le camion. "Non. Ian est juste notre directeur de compte. Il y a peut-être dix gars qui travaillent vingt-quatre heures sur vingt-quatre quand on lui commande du travail, mais Ian est la seule personne qu'on voit."

"Pourquoi ?"

"Pour les garder isolés. On est en liaison directe avec notre employeur, ce qui présente son propre ensemble de risques."

"C'est qui notre employeur ?"

Le patron sortit deux sacs du camion, puis il se tourna vers moi et s'arrêta un moment avant de dire : "Quelqu'un que j'espère que tu ne rencontreras jamais."

"C'est qui ?" insistai-je.

"On l'appelle le Régisseur. Prends des sacs." Il s'est retourné et a marché jusqu'à l'avion. J'ai pris un sac dans chaque main et je me suis précipité pour le suivre. Matz m'a donné un coup sur l'épaule en passant.

"Tu m'avais dit que si je faisais la dernière mission, tu me dirais pourquoi tu allais tuer Peter."

"Qu'est-ce que tu savais de lui ?" demanda le patron.

"Laila a dit qu'il était à l'université."

"C'est probablement ce qu'il lui a dit. Il était chauffeur-livreur, et il faisait des livraisons à l'immeuble de Saamir."

"Et alors ?"

"Quand on a demandé un moyen d'entrer dans le bâtiment, Ian a demandé à un de ses gars de se lier d'amitié avec Peter et de lui soutirer des informations. Ça a permis aux gars de Ian de faire livrer une caisse sur le quai de chargement avec toi dedans, et de la faire ressortir une fois qu'elle était vide."

"Tu voulais le tuer parce qu'il avait vu le visage d'un des gars du groupe de Ian ?" demandai-je en mettant les sacs dans l'avion.

"Les employés sont toujours en haut de la liste des suspects lorsqu'il y a une fuite d'informations sensibles. Il aurait pu parler."

"Le pilote pourrait parler. Tu ne vas pas le tuer pour autant, si ?"

Le patron s'arrêta. "Joe est une légende vivante. Trente-cinq ans dans l'armée avant de passer dans le privé, et il a plus d'expérience que nous tous réunis. Souviens-toi de ça quand tu auras quelques missions à ton actif et que tu commenceras à te prendre pour un dur. Maintenant, charge ce putain d'avion."

Ophie est entré dans la chambre d'hôtel, a écarté les bagages du patron et s'est allongé sur le lit. Il a mis ses mains derrière sa tête en poussant un soupir satisfait, et a fermé les yeux.

"Faites comme chez vous", dit le patron en fermant la porte derrière Matz.

Je me suis assis au bout du lit, en remarquant que la chambre était décorée avec autant de mauvais goût que celle dans laquelle je venais de poser mes affaires. Le patron a tiré les rideaux, bloquant la vue sur le parking avant de s'installer sur une chaise. Il a mis ses lunettes de lecture et a commencé à feuilleter un journal ouvert sur le bureau.

Matz a fait craquer ses articulations et a demandé : "Où est-ce qu'il est ?"

Sans lever les yeux de son journal, le patron a répondu : "Il devrait être là d'une minute à l'autre."

Matz secoua la tête et commença à faire les cent pas entre la fenêtre et la porte comme un animal en cage. Ophie semblait dormir à côté de moi. Quelqu'un a frappé doucement à la porte, et Matz s'est précipité pour ouvrir. Un homme chauve et maigre, portant une sacoche en cuir en bandoulière, entra dans la pièce.

"Qu'est-ce qui t'a pris si longtemps ?" demanda Matz.

Le patron est passé devant moi et a salué l'homme avec une poignée de main et une accolade. "Ian, je te présente notre nouvelle recrue, David."

Ian m'a serré la main et m'a pris dans ses bras en me faisant un grand sourire. "Ravi de te rencontrer. Beau boulot pour Saamir, au fait. J'espère que les images de la caméra cachée vous ont aidé. Un de nos gars a dû passer une demi-journée en costume pour les filmer."

"Absolument", dis-je. "J'ai tout de suite reconnu les couloirs et je les ai parcourus en sprintant avec des balles qui me passaient au-dessus de la tête."

Ian a regardé derrière moi et a vu Ophie sur le lit. "Ravi de te voir aussi. Pas besoin de te lever."

Ophie a répondu en gardant les yeux fermés : "On est épuisés, Ian. Je ne pourrai boire que six ou sept bières avant de m'endormir. Mieux vaut en finir rapidement avec ce briefing."

Ian a posé sa sacoche sur le lit et en a sorti une pile de papiers qu'il a commencé à disposer sur le dessus de lit à fleurs rouges. Ophie s'est levé à contrecœur.

Ian nous a montré la photo d'un homme du Moyen-Orient au visage rond et à la moustache bien taillée et a déclaré : "On a identifié la cible hier soir, quand il a rendu visite au père en deuil. Afin d'extrapoler l'itinéraire qu'il allait suivre dans les jours à venir avec son entourage, on a dû obtenir l'identité de son assistant personnel et nous pencher sur ses finances, ce qui a demandé un effort considérable à mon personnel. Pour résumer, l'un des comptes bancaires auxquels il accède régulièrement a été utilisé pour louer des maisons dans plusieurs États. On a découvert qu'ils payaient le loyer de six nouvelles maisons dans trois États. Après avoir déterminé dans quelles maisons ils avaient séjourné sur la route pour aller voir le père de Saamir, on a pu deviner celles où..."

"Le patron l'interrompit. "Ian, il est tard et on est fatigués. Quelle est la cible ?"

Ian soupira et se frotta le lobe de l'oreille. Il écarta la photo pour révéler la pile de documents. "Voilà la maison où vous voulez le frapper. C'est à environ quarante minutes d'ici, il arrivera demain après-midi et repartira le lendemain matin. Ça vous laisse une fenêtre de seize heures pour passer à l'action. La propriété se trouve au bout d'un cul-de-sac. Vous pouvez garer le véhicule à deux kilomètres de là et marcher sans être vu à travers les bois jusqu'à la porte arrière. Il y a une autre maison dans la rue, mais elle en cours de rénovation et il n'y a donc personne dedans. Les ouvriers n'arrivent pas avant dix heures du matin. Ophie peut se poster là avec son fusil à lunettes pendant la nuit et il aura une vue dégagée sur tout l'avant de la maison de la cible.

"Il y a quelle distance entre les deux ?" demanda Ophie.

"Quatre cents mètres", répondit Ian, en montrant une page avec des photos aériennes du quartier. "Et voici les plans de la maison."

Matz prit les pages des mains de Ian et les feuilleta. "Ça va être tendu au deuxième étage. Y'a combien de personnes ?"

"Deux personnes d'intérêt et quatre agents de sécurité. Ils se déplacent dans un fourgon Sprinter qui peut passer pour un véhicule professionnel de l'extérieur, mais il a été transformé en bureau mobile. Notre cible et son assistant personnel travaillent à l'arrière, et les agents de sécurité se relaient au volant."

"Quel type de matériel est-ce qu'ils utilisent ?"

"Pour l'instant, nous ne les avons vus avec aucune arme. On pense qu'ils ont soit des fusils de type AR, soit des MP ou des UMP, ou quelque chose comme ça. Plus des armes de poing. Rien que vous n'ayez déjà vu. Et il y a un autre facteur dont on doit tenir compte : ce Sprinter a été utilisé comme bureau mobile depuis que votre cible est en fuite. Si je peux y entrer pendant que vous faites le ménage dans la maison, je pourrais prendre leurs disques durs pour récupérer les données. Les informations qu'on en tirerait pourraient causer un plus gros préjudice à leur organisation que le fait de tuer la cible. Je pourrais partir avec le fourgon si j'étais sûr que les flics ne me tombent pas dessus plus tard."

"C'est Matz qui va diriger l'assaut. C'est à lui de voir."

Matz regardait encore le plan. "Une fois qu'on sera dans l'escalier, tu pourrais entrer dans le garage par-derrière, mais tu serais tout seul. Ma priorité est d'isoler le deuxième étage."

"Je peux m'en sortir seul", déclara Ian. Ophie souriait pendant que Ian continuait : "Sache que ces gars sont prêts à se battre jusqu'au bout. S'ils ne peuvent pas s'échapper, ils vont renforcer la défense de la cible et t'obliger à te battre pour chaque centimètre de cette maison jusqu'à l'arrivée des flics."

Les yeux de Matz dansaient sur les pages et ses narines se dilataient quand il respirait. "L'effet de surprise et la violence de notre action vont nous donner un gros avantage. On sera les seuls à quitter cette maison en vie."

Ian déglutit. "Pour l'instant. Mais le plus grand risque n'est pas votre ennemi, c'est le Régisseur."

Matz leva la tête des plans. Ses yeux se posèrent d'abord sur moi, puis sur Ian. Le climatiseur s'est mis en marche en faisant du bruit et personne n'a rien dit jusqu'à ce que Ian reprenne la parole.

"Dès que la guerre sera gagnée, vous deviendrez une chose de plus à régler et il n'aime pas avoir des choses à régler."

Le patron s'est éclairci la gorge. "C'est pour ça que le plan de retraite est en place."

Ian hocha la tête et se caressa le menton de manière pensive.

"Je pense que vous devez mettre ce plan à exécution plus tôt que prévu. Avec tout le travail que vous avez fait, l'opposition doit être sur le point de tomber. Ce n'est qu'une question de temps avant que vous ne tuiez un des dirigeants, et une fois que les Cinq Têtes commenceront à tomber, il n'y aura plus rien en travers de sa route. Combien de temps avant que quelqu'un le défie à nouveau ?"

"Dix ans. Vingt ans."

"Je dirais plutôt vingt. En attendant, il a l'obligation de protéger la partie légitime de l'opération, et dès qu'il sera plus rentable de faire des affaires sans élément paramilitaire, il le fera. Je pense qu'il va vous payer plus que d'habitude à la fin de la dernière mission, quelle qu'elle soit. Vous devez prendre l'acompte, faire le boulot, et partir sans récupérer le solde."

"Pourquoi t'es si inquiet maintenant ?"

Ian hésita. "L'équipe de Jimmy a disparu de la circulation la semaine dernière."

"Ils sont arrivés jusqu'au Dominicain", répondit Ophie.

"J'ai entendu ça aussi. Mais mes gars ne les ont pas déplacés là-bas. À qui d'autre feraient-ils confiance ?"

Matz haussa les épaules. "Jimmy ne faisait confiance à personne. Je l'imagine bien s'organiser pour sortir de là par ses propres moyens."

"Et j'espère qu'ils sont tous sur la plage à se foutre de notre gueule en ce moment. Mais tout ce que je sais, c'est qu'ils ont manqué une réunion avec leur directeur de compte de mon côté, et qu'ils ne se sont pas montrés depuis. Notre réseau de récupération est en train de s'activer parce qu'on ne peut pas exclure la possibilité qu'ils aient déclenché le plan de Minuit."

"Et qu'est-ce que ça veut dire, au juste ?" demandai-je.

Matz répondit : "À la radio, le mot 'Minuit' signifie qu'on s'est fait piéger. Tout le monde se sépare. Personne ne vient nous récupérer. On se casse le plus loin possible et c'est chacun pour sa gueule."

"Et ensuite ?"

"Il y a un numéro pour appeler le réseau de récupération. Revenons-en à..."

"Je peux avoir le numéro ?" demandai-je.

"Ouais, je te le donnerai. Ne fais pas ta chochotte. Revenons-en à ce qui nous intéresse. Patron, cette maison va demander du boulot. On ne pourra épargner personne."

Le patron s'est tourné vers Ian. "Tu peux nous trouver un chauffeur ?"

"Notre camion de communication pourra s'occuper de déposer le sniper et les forces d'assaut. Mais après ça, le camion devra aller se mettre en hauteur pour pouvoir brouiller les fréquences des forces de l'ordre et communiquer avec vous pendant l'attaque. Entre ça et le fait que je serai en train d'essayer de voler le fourgon, je n'aurai personne dans la zone disponible pour vous récupérer."

"C'est du gâteau. Special K est en stand-by. Elle attend notre appel dans cet hôtel même, je crois", dit Ophie.

"On a besoin de quelqu'un de fiable", déclara Matz.

"On peut dire beaucoup de choses sur Special K, mais on ne peut pas lui reprocher de ne pas être fiable."

"Va te faire foutre."

Le patron regarda Matz. "Il a raison. Appelle-la."

Ophie sourit.

14

L'air était chargé de l'odeur des aiguilles de pin et de l'humus alors que la maison se matérialisait devant nous. J'ai écarté un nuage d'insectes devant mon visage avec ma main gantée et j'ai senti ma respiration et mon pouls s'accélérer alors que la voix du patron crépitait dans mon oreillette.

"*Deux minutes*."

"Reçu", répondit Matz à côté de moi. Sa voix résonna dans mes deux oreillettes avec une fraction de seconde de retard. Après avoir pris son fusil d'assaut M4 dans sa main opposée, il s'est penché vers moi et a murmuré : "Il y a un gars posté à la fenêtre du deuxième étage, côté gauche. Un tir de cent mètres. Prends-le et je m'occupe de l'autre connard à la porte de derrière."

"Compris." Sentant que mes mains tremblaient légèrement, j'ai fait semblant d'ajuster mon gilet pare-balles qui, comme celui de Matz, était bardé de munitions et de grenades. Je l'ai regardé pour voir s'il avait remarqué mes mains tremblantes, mais ses yeux étaient fixés sur l'arrière de la maison.

Ian était derrière nous. Sa présence était trahie de temps en temps par une branche qui craquait sous son poids. Le patron se déplaçait dans les broussailles sur notre gauche, avec son M4 attaché dans le dos. Il tenait les deux poignées d'un lance-grenades semi-automatique dont le large barillet contenant six minutions de 40 mm hautement explosives.

Matz, qui avançait accroupi, s'est arrêté et s'est agenouillé avant de transmettre : "David s'occupe du tir sur la fenêtre A1 Ouest et moi de B3 Ouest. Pas de changement au plan."

"*Une minute*", répondit le patron. "*Ophie, qu'est-ce que tu vois ?*"

"*La face avant de la maison est calme, à l'exception d'un type posté à la fenêtre de A3 Est. Je m'en occupe au signal.*"

"Comment tu te sens ?" me murmura Matz.

Je ne pouvais pas lui répondre honnêtement.

En vérité, j'avais beaucoup plus peur maintenant qu'en situation de guerre. Après avoir réalisé les risques que ces gars allaient volontairement prendre, cela ne me consolait pas vraiment de savoir que je ne serais pas seul pour attaquer une maison contenant six hommes. Après notre réunion avec Ian, j'étais retourné dans ma chambre d'hôtel et je m'étais allongé sur le lit, en pensant aux issues possibles de la mission à venir, et j'en avais trouvé peu de positives.

Je n'ai pas fait part de mes inquiétudes aux autres. Au lieu de cela, j'ai participé aux préparatifs et aux répétitions avec une grande obéissance pour compenser le fait d'avoir ignoré l'ordre du patron sur la mission précédente. Mais ce n'était pas seulement pour rétablir leur confiance en moi. Je m'étais engagé sur leur voie, quel qu'en soit le prix. Par rapport à la certitude de mourir de ma propre main, la probabilité de mourir aux côtés de cette équipe était un moindre mal.

"Je ne me suis jamais senti aussi bien", ai-je dit avec indifférence. "Allons buter ces enfoirés."

Matz m'a tapé sur l'épaule si fort que j'ai dû me retenir contre un arbre. "Voilà ce que je voulais entendre, Suicide. Entre le lance-grenades du patron et nos grenades à main, les portes intérieures vont être soufflées. On devrait pouvoir défoncer ce qu'il reste avec le pied, alors laisse ce fusil sur ton dos à moins que je te dise de tirer sur une porte avec."

"*Trente secondes.*"

"Reste derrière moi dans les coins. Comme à la maison, sauf que cette fois, on peut leur tirer dessus. Ne t'inquiète pas du nombre qu'ils sont. Tu te souviens de ce que je t'ai dit avant qu'on parte ?"

"Qu'on est seulement surpassés en puissance de feu si on rate nos tirs."

"*Dix secondes.*"

Matz soupira avec mélancolie. "Putain que j'aime mon travail. Allez, c'est parti."

Je me suis levé au-dessus des broussailles, j'ai passé ma main gauche autour d'un tronc d'arbre, j'ai tendu le pouce et posé le garde-main du M4 dans la paume de ma main. J'ai pris une inspiration et je me suis tourné jusqu'à ce que je voie une silhouette dans la fenêtre du deuxième étage — notre premier adversaire. Les cheveux à l'arrière de ma nuque se sont hérissés quand j'ai pointé le réticule de mon arme sur son abdomen.

Ma cible a disparu avant que je ne puisse tirer.

"Repéré !" dis-je.

La détonation du M4 de Matz fendit l'air calme comme le tonnerre.

J'ai tiré cinq balles dans la fenêtre maintenant vide et entendu le bruit *sourd du* lance-grenades du patron sur ma gauche alors que les chiens commençaient à aboyer frénétiquement dans tout le quartier. Une vive lumière orange émana d'une fenêtre de la maison et le bruit de l'explosion nous atteignit un instant plus tard.

Matz est parti en courant dans les taillis. J'ai essayé de le rattraper, tout en rechargeant mon arme et en essayant de ne pas me prendre les pieds dans la végétation.

Nous sommes sortis des bois et arrivions sur l'étendue d'herbe bien taillée lorsque le patron a tiré une deuxième grenade. La baie vitrée du porche a disparu dans un nuage de fumée et de flammes alors que nous entamions notre sprint final à travers le jardin.

Je n'en revenais pas que Matz courait aussi vite. Il faisait presque deux fois ma taille, mais j'avais du mal à le suivre, alors qu'il criait sans sembler essoufflé : "La voie est libre !"

Deux fenêtres du deuxième étage s'embrasèrent, et une pluie de fragments de verre tomba sur la pelouse. Matz dégoupilla une grenade à main qu'il lança à travers les restes de la porte arrière, puis il partit à droite vers les marches du porche.

J'ai entendu la détonation au moment où je montais l'escalier en bois, et lorsque j'ai atteint le porche, Matz avait déjà disparu dans la maison.

Je l'ai suivi. L'intérieur était rempli d'un nuage de fumée étouffant, et la silhouette de Matz était à peine visible quelques mètres devant moi. J'ai fait pivoter mon canon vers la gauche et j'ai tiré sur un corps calciné avant de regarder à droite dans une cuisine vide. J'ai entendu des pas chaotiques et des hommes crier au deuxième étage avant que Matz n'ouvre le feu dans l'escalier.

"Passe devant !", me cria-t-il en se mettant sur le côté pour recharger son arme. Je suis passé devant lui et me suis posté au pied de l'escalier. J'ai tiré dans l'escalier jusqu'à ce qu'il me serre l'épaule. Il est apparu à côté de moi et a monté deux marches pour lancer une grenade en haut de l'escalier.

Alors que je changeais de magazine, j'ai jeté un coup d'œil à gauche et vu Ian qui entrait par la porte arrière, pistolet à la main, et qui se dirigeait vers le garage. Puis j'ai sursauté en entendant l'explosion au-dessus de nous, dont le souffle assourdissant se répercutait sur les murs.

Matz monta immédiatement quelques marches avant de

s'accroupir et de tirer une rafale vers le deuxième étage. Les balles touchèrent une cloison à plusieurs mètres au-dessus de sa tête, et alors que les détonations d'un autre fusil retentissaient au loin, il aboya "Lance une grenade !"

J'ai compris qu'il changeait de magazine et j'ai sorti une grenade de ma veste. Après avoir arraché la goupille et lancé la grenade au deuxième étage, j'ai entendu la voix de Matz à la radio.

"Besoin d'aide pour frapper A1 Ouest, je répète besoin..."

Une explosion du lance-grenade du patron ébranla la pièce en haut des escaliers, suivie de la détonation de ma propre grenade un instant plus tard.

Matz gérait cet assaut en véritable chef d'orchestre.

Il s'est élancé dans les dernières marches de l'escalier en tirant devant lui avant de tourner à droite. Je le suivais de près, tirant en direction des coups de feu provenant d'une porte ouverte avant que le tireur ennemi ne se mette à couvert. Puis j'ai tourné à droite pour couvrir Matz, je me suis précipité dans la chambre principale et je l'ai trouvé en train de tirer dans une porte de placard.

Puis Matz s'est effondré comme une pierre, dans un nuage de sang. Un énorme homme barbu est sorti du placard, les yeux remplis de rage.

Il laissa tomber son pistolet-mitrailleur vide sur le sol et chargea dans ma direction.

J'ai levé mon M4 et tiré aussi vite que j'ai pu. Je lui ai mis quatre balles dans la poitrine. La dernière l'a atteint juste en dessous de sa clavicule avant qu'il ne me plaque au sol.

Mon fusil était plaqué contre ma poitrine, alors que ses grosses mains moites me serraient la gorge avec une force incroyable. Ses yeux étaient remplis de rage et de petits filets de sang coulaient de ses oreilles.

J'ai tendu la main pour prendre mon pistolet, mais il était

coincé sous ma hanche, alors j'ai sorti le couteau de mon gilet à la place. Il a attrapé mon poignet d'une main et l'a fait claquer au sol, en continuant à m'étrangler avec son autre main.

J'ai commencé à paniquer, essayant désespérément de lui enfoncer mon pouce libre dans l'œil, mais il reculait la tête. Je n'ai réussi à lui donner qu'un faible coup de poing à la gorge alors que mon cerveau me suppliait de respirer. Je sentais le sang cogner à l'intérieur de mon crâne et ma vision se rétrécir en un cercle de plus en plus étroit. Du coin de l'œil, j'ai vu un autre garde du corps entrer dans la chambre en tenant une mitraillette devant lui. Il a vu son camarade au-dessus de moi et a pointé son canon dans ma direction.

Sa tête a disparu dans un nuage de fumée et il est tombé par terre.

Matz est apparu au-dessus de moi, son M4 en bandoulière, alors qu'il tenait un couteau comme un pic à glace. Il s'est penché sur mon agresseur et a enfoncé la lame à la base de son crâne. Son visage a été gelé par la mort, mais ses mains sont restées fixées sur ma gorge et mon poignet. D'un seul coup, la pression dans ma tête a semblé s'évaporer et je me suis évanoui.

Je me suis réveillé soudainement, en prenant de grandes bouffées d'air. Pendant quelques secondes, je n'avais aucune idée de l'endroit où je me trouvais ni de la façon dont j'y étais arrivé. Le cadavre de l'homme énorme gisait raide sur le sol à côté de moi.

"Suicide, lève-toi et arrête de faire le con", me cria Matz.

À travers des paupières battantes, je l'ai vu se tenir dans l'embrasure de la porte avec son M4 prêt à ouvrir le feu. J'ai entendu sa voix dans mes oreillettes : "*Patron, j'ai besoin de toi au deuxième étage. On se rejoint en haut des escaliers.*"

"*J'arrive.*"

J'ai toussé et je me suis mis à quatre pattes pour essayer de me relever.

Matz ajouta : "*Sniper, t'en as eu combien ?*"

Ophie répondit : "*J'ai eu un garde dans le garage, mais le gars de A3 Est a disparu avant le signal. J'ai pas pu l'avoir.*"

Je me suis levé en tremblant, avant de retomber sur le lit en poignardant le matelas avec le couteau que j'avais toujours dans la main sans m'en rendre compte. Je l'ai remis dans son fourreau, je me suis relevé tant bien que mal et j'ai retrouvé mon équilibre. Je me suis mis derrière Matz, puis j'ai serré son épaule. "Je suis là."

"Tant mieux pour toi. Recharge ta putain d'arme." J'ai changé de chargeur pendant qu'il continuait à parler, "Il ne reste plus que la cible principale et son assistant. Si tu meurs après ça, c'est de ta faute."

"Ok", dis-je en respirant difficilement.

Depuis l'escalier sur notre gauche, le patron cria "AIGLE AIGLE AIGLE."

Matz est sorti de l'embrasure de la porte et s'est jeté à droite. Je l'ai imité sans réfléchir. J'ai entendu le patron nous rattraper pendant qu'on traversait le palier. J'ai accéléré et j'ai pivoté à droite au coin pour couvrir une porte fermée. Matz et le patron sont passés devant moi pour entrer dans la pièce sur ma gauche.

Je me suis retourné et je les ai suivis dans la pièce vide, m'arrêtant derrière le patron à côté de la porte ouverte sur la droite qui donnait sur une salle de bain commune jouxtant la dernière chambre. Matz lança une grenade.

Nous nous sommes accroupis contre le mur en attendant l'explosion, qui fut suffisamment proche pour nous couper le souffle. Le patron entra et partit sur la droite pendant que je partais à gauche et me heurtais à un bureau détruit. Il ne restait plus que quelques éclats de verre de ce qui était autrefois une grande fenêtre, à travers laquelle je pouvais voir la colline boisée par laquelle nous étions arrivés quelques minutes plus tôt.

Avant que je puisse rejoindre le patron, Matz était déjà à ses côtés en train de tirer dans une porte de placard.

J'ai vu une tache de sang couler sous la porte.

"NE TIREZ PAS, NE TIREZ PAS !" criait frénétiquement quelqu'un à l'intérieur.

Je me suis agenouillé et j'ai tiré six balles dans la porte du placard. J'ai ensuite fait un signe de tête à Matz, qui s'est approché de la porte par le côté et l'a ouverte.

L'assistant personnel était recroquevillé sur le sol.

Il respirait difficilement, en tenant ses deux mains ouvertes devant son visage. Son épaule et sa jambe droite étaient déchiquetées et saignaient abondamment.

"Où est-ce qu'il est ?" cria Matz.

"Je... Je ne..."

"Mauvaise réponse", répondit Matz, en tirant deux fois dans les genoux de l'homme à l'agonie.

"DANS LE GRENIER !"

Matz lui a tiré une balle dans le nez et sa tête a été projetée en arrière. Puis Matz est reparti en premier vers la chambre principale. On a traversé le palier alors que la lumière du soleil, chargée de poussière, pénétrait à travers les stores et les vitres brisées, et éclairait un cadavre dont le cerveau était étalé sur la moquette.

Matz a enjambé le corps du géant — le manche du couteau dépassait encore de son crâne — et s'est mis face à la porte ouverte du placard sur la gauche. Il a vidé son chargeur dans une trappe carrée au plafond, puis a dit "À toi."

J'ai repris là où il s'était arrêté, en tirant sur les parties non touchées du plafond de la chambre. On a entendu un cri de douleur venant d'un coin éloigné, et Matz a vidé un deuxième chargeur dans la partie d'où venait le bruit alors que je rechargeais. Puis je me suis accroupi, le dos contre le mur du placard sous la trappe du grenier.

Après avoir rechargé, il s'est approché de moi avec son arme pointée vers le haut, et a posé un pied sur mon genou. Il a momentanément mis tout son poids sur ma jambe, avant de mettre son autre pied sur mon épaule et d'ouvrir la trappe au-dessus de lui. Il s'est ensuite hissé dans le grenier avec une grâce que je n'aurais jamais cru possible.

Puis il a disparu dans l'espace noir au-dessus de moi.

Le patron et moi avons entendu des bruits sourds dans le grenier, suivis par les marmonnements de Matz : "Lève-toi, connard."

Le visage rond et transpirant de la cible apparut par la trappe. Ses yeux étaient remplis de peur. Matz l'a fait passer par la trappe et son corps est venu s'écraser sur le sol du placard.

J'ai glissé mon M4 sur mon dos, je l'ai attrapé sous les bras et l'ai traîné dans la chambre pendant qu'il criait "LÂCHEZ-MOI ! NE ME TOUCHEZ PAS, PUTAIN !"

Je l'ai relâché sur le sol. Mes gants étaient tachés de sang provenant de ses blessures par balles. Matz sauta par terre alors que le patron prenait une photo du visage de l'homme.

"C'est le jour de paie", dit-il.

Matz lui tira trois balles de M4 dans la tête, puis se recula pour que le patron prenne une autre photo avant de fouiller le corps. Il sortit un téléphone portable de la poche de la cible et le mit dans une pochette qu'il avait à la hanche, puis ramassa le pistolet-mitrailleur vide du géant.

Le patron transmit dans la radio : "JACKPOT JACKPOT JACKPOT. Tout le monde au point de ramassage."

"*Reçu*", répondit Ophie.

Je me suis tourné vers le corps massif de l'homme qui m'avait étranglé et j'ai retiré le couteau planté dans son cou, puis je l'ai rendu à Matz. Il l'a remis dans son fourreau et s'est dirigé vers la porte de la maison en boitant dans l'escalier.

Lorsque nous sommes arrivés au rez-de-chaussée, la porte

du garage s'est ouverte et Ian en est sorti, son pistolet à la main et un sac de sport sur le dos, l'air aussi excité qu'un enfant le matin de Noël.

"Ils avaient plein de trucs dans ce van. J'ai tout pris. Vous n'avez même pas idée. Les flics vont arriver d'une minute à l'autre."

Nous sommes sortis à petites foulées par la porte de derrière alors que le bruit des sirènes de police approchait. Les chiens du voisinage aboyaient encore, pendant que nous nous dirigions vers les sous-bois. Nous avons couru à travers une épaisse végétation, avant de traverser un petit ruisseau et de monter une colline boisée alors que les sirènes de police se faisaient de plus en plus faibles.

Nous courions vers l'ouest en direction de notre site de ramassage, aussi vite que la végétation et les blessures de Matz le permettaient. Après avoir atteint la crête de la colline et commencé à descendre de l'autre côté, le patron nous a arrêtés. Il a mis un pansement compressif sur le bras de Matz, pendant que ce dernier faisait un garrot sur sa cuisse droite.

Ils terminèrent en moins d'une minute.

"David, passe devant", ordonna le patron. "Ian, couvre nos arrières. Allons-y."

Il aida Matz à se mettre debout en soutenant son poids.

J'ai pris la tête du groupe à travers les bois. Après avoir marché plusieurs centaines de mètres, j'ai aperçu le chemin de terre à travers les arbres.

"Je vois la route, droit devant", dis-je dans la radio.

"*Reçu.*"

Je me suis accroupi et j'ai avancé en direction du SUV argenté. Une femme était appuyée contre le capot et fumait une cigarette. Je l'ai observée pendant quelques secondes, puis j'ai pris une inspiration et j'ai transmis par radio.

"Patron, notre chauffeur a dû être tué par une sorte de déesse sublime. Je vais m'approcher quand même."

Matz répondit immédiatement : "*Va te faire foutre, Suicide. Je vais te poignarder dans la tête comme ce putain de garde...*"

J'ai enlevé mes oreillettes et je suis sorti à découvert.

Elle avait la carrure d'une gymnaste, petite et fine, et se tenait très gracieusement. Ses cheveux blonds, qui lui arrivaient aux épaules, étaient parsemés de mèches rose foncé. Lorsque le nuage de fumée de cigarette commença à se dissiper, je vis ses yeux bleu clair et son rouge à lèvres rose pâle.

Je lui ai tendu la main en souriant. "Salut, je suis David Rivers."

Elle a pris sa cigarette dans sa main gauche et m'a serré la main. Tout son bras était tatoué avec des fleurs de cerisier et des carpes koïs colorées.

"Où est Matz ?" demanda-t-elle.

"Il prend son temps. Il s'est fait tirer dessus."

"Est-ce qu'il va bien ?"

"Il va s'en sortir."

"Dommage. Cigarette ?"

"C'est pas bon pour la santé ces trucs-là."

Elle me regarda dans les yeux d'un air sérieux. "Ton visage est couvert de sang."

"Tout bien réfléchi, j'en veux bien une... C'est toi Special K ?"

"Karma."

"Ah, OK."

Les autres ont émergé de la forêt. "Monte dans cette putain de voiture", cria Matz, tandis que le patron l'aidait à monter dans le véhicule. Ian a enlevé son sac et est monté derrière eux. Karma les regardait avec une expression impassible, puis elle a fait tourner la cigarette dans sa main, la tenant à l'envers entre son pouce et son index, et l'a portée à mes lèvres.

Je me suis penché en avant et j'ai pris une seule taffe, goûtant son rouge à lèvres sur le filtre et aspirant la fumée dans mes poumons qui, il y a quelques minutes à peine, étaient privés d'oxygène. J'ai expiré la fumée en réprimant une envie de tousser.

Je suis monté à l'arrière, et Karma s'est glissée dans le siège conducteur en fermant la portière derrière elle. Puis elle a démarré et a commencé à avancer.

"Passe prendre Ophie et fais un détour par le point médical", ordonna Matz.

Karma freina d'un coup sec, et tout le monde fut projeté vers l'avant.

Elle l'a regardé dans le rétroviseur. "Oh, vraiment ? Je pensais que tu voulais te vider de ton sang en allant à l'aéroport après avoir abandonné Ophie ici."

"Ravi de te revoir, Karma !" dit Ian avec un sourire.

"Tu es magnifique, Karma", ajoutai-je.

"Fermez-la tout de suite", dit Matz. "Tous les deux."

La voiture se remit en marche. Le patron ne dit rien, mais je pouvais voir un rare sourire amusé sur son visage. Nous avons roulé sur le chemin de terre cahoteux jusqu'à arriver sur la route goudronnée d'un quartier résidentiel, puis nous avons tourné à droite en direction de la route principale.

La porte roulante du garde-meubles s'est ouverte à notre approche, et Karma s'est approchée. Un homme âgé à l'air sévère nous a fait signe d'avancer, et a croisé les bras pour nous dire de nous arrêter une fois le SUV complètement à l'intérieur. Karma a coupé le contact et nous sommes sortis dans l'espace étroit. La pièce était assez profonde pour accueillir une deuxième voiture, mais l'espace restant était rempli de deux tables pliantes et d'étagères métalliques pleines de matériel médical. Des lampes de chantier jaunes montées sur des trépieds illuminaient l'intérieur, et des rallonges électriques couraient sur le sol.

"Emmenez-le-moi", dit le vieil homme. "Fermez cette porte. Notre homme la verrouillera de l'extérieur. Ne sortez pas ou vous serez filmés." Ian tira la porte vers le bas et le son strident résonna dans l'espace bétonné.

Ophie et moi avons aidé Matz à sortir de la voiture et l'avons conduit vers les tables.

"Est-ce qu'il y a eu des symptômes ou des traitements depuis votre appel ?" demanda l'homme.

"Non", répondit Matz.

"Enlevez-lui son équipement et mettez-le sur la table."

Ophie détacha le gilet pare-balles de Matz et l'enleva délicatement de ses épaules. Le devant était criblé de balles, et des trous ronds étaient même visibles dans ses chargeurs de rechange.

Ophie siffla. "T'as encore l'air d'avoir craché à la gueule de Dieu."

J'ai aidé Matz à monter sur la table et je me suis reculé quand l'homme s'est approché de lui avec un stéthoscope.

"Ce qui se fait de mieux en Tchécoslovaquie", déclara Ophie avec admiration. Je me suis retourné et je l'ai vu examiner le pistolet mitrailleur qu'il avait sorti de la sacoche de Matz. "C'est le nouveau ?"

Matz répondit : "Ouais. La poignée de chargement de l'ancien était..."

"Messieurs", aboya le vieil homme d'un ton sec. "J'ai besoin de prendre ses constantes. La victime ne doit pas parler, et je demanderais aux autres de faire moins de bruit. C'est un bâtiment commercial."

"C'est un restaurant familial", déclara Karma en imitant le ton de l'homme d'une voix rauque. "On ne parle pas avec l'aimant à balles."

Ophie posa le pistolet mitrailleur et se tourna vers elle. "Tu es vraiment une salope."

"J'essaie juste de me fondre parmi vous."

"Comment s'est passée l'exposition d'art ?"

"Malheureusement, pas assez bien pour que je puisse refuser cette offre. Crois-moi, Ophie, le jour où j'aurai gagné assez pour prendre ma retraite, je ne répondrai plus à tes appels chaque fois que tu auras besoin d'une charmante conductrice pour vous transporter.

Le médecin se murmurait à lui-même en traitant Matz. Le sang s'écoulait des blessures alors qu'il retirait les pansements compressifs que le patron avait appliqués.

"Quand on se mariera", lui dit Ophie, "j'achèterai tout ce que tu peindras."

"T'as jamais vu ce que je peins."

"C'est pas grave. Le patron me dit que tu revenais à la maison."

"Imagine mon enthousiasme."

Je me suis retourné et j'ai vu Ian poser son sac de sport par terre devant la voiture. Il s'est accroupi au-dessus, a allumé un ordinateur portable avec un logiciel de décryptage, et a commencé à fouiller dans le sac. Il a branché un disque dur portable et le patron s'est agenouillé à côté de lui pour lui chuchoter quelque chose.

Ophie poursuivit : "Vois le bon côté des choses : tu es la conductrice de taxi la mieux payée au monde."

"Le rêve de toutes les filles."

"Le nombre de missions qu'il nous reste est limité."

"Tu as déjà dit ça il y a un an."

"Maintenant, c'est sûr." Il m'a regardé. "David, est-ce que Karma et toi avez été officiellement présentés ?"

"Nous avons partagé un moment très fort et très intime sur le lieu de ramassage", répondis-je.

"Ne l'approche pas, si tu ne veux pas qu'il t'arrive des misères", répondit Ophie. "Elle s'est déjà promise à moi, le jour où elle décidera de repasser aux hommes."

Elle secoua la tête. "Combien de fois vais-je devoir t'expliquer que je ne suis pas lesbienne ? Tu sais quoi ? Continue à croire que je le suis. Au moins, tu me foutras la paix pendant ces petites excursions."

J'ai entendu Ian murmurer "Putain de merde !" Il fixait l'écran lumineux de l'ordinateur portable. Puis il a dit au patron : "Il faut que tu lui apportes ce disque dur."

"À qui ?" demanda le patron.

"À lui. Il faut que tu lui amènes parce que c'est pas moi qui vais le faire.

Le patron regardant l'écran en plissant les yeux. "Qu'est-ce que c'est ?"

" Ce sont les numéros de compte que les Cinq Têtes utilisent pour blanchir l'argent de leur organisation."

"Et alors ?"

"Ces comptes sont la seule chose qui isole leurs financiers légitimes de la partie illégale de l'opération. Si on les expose, beaucoup de gens très haut placés dans la chaîne alimentaire se feront prendre à profiter de ces activités illégales."

"Tu penses que le Régisseur peut utiliser ça à son avantage pour forcer les Cinq Têtes à négocier ?"

"Oui. C'est la clé pour détruire toute l'organisation sans tirer un seul coup de feu."

Le patron regardait l'écran d'un air calme. "Très bien. Dis-moi ce que tu trouves d'autre."

Ian débrancha le disque dur et le mit de côté, puis en sortit un autre de son sac et le brancha.

Le patron s'est levé et s'est dirigé vers le médecin. J'ai attendu qu'il passe avant d'approcher Ian et de m'agenouiller à côté de lui.

"Pourquoi est-ce que tu es si inquiet au sujet du Régisseur ?"

Ian répondit sans s'arrêter de taper sur le clavier : "Ils ne me croient pas, c'est ça ?"

"Je ne vais pas te mentir, Ian. Ils se moquent un peu de toi."

"Je ne veux pas qu'on soit détruits par notre propre créateur."

"Comment ça ?"

Ian a arrêté de taper et m'a regardé, comme pour voir si j'étais sérieux. "Il nous a inventés, David. Personne n'avait engagé des spécialistes des opérations spéciales pour tuer la concurrence avant lui, et ça s'est transformé en une course aux armements entre les organisations. Et ça ne peut se terminer que d'une seule façon."

"Quel genre d'organisations ?"

Le patron claqua des doigts. "Ian. Ça suffit."

Nous avons levé les yeux et l'avons vu au-dessus de nous. Derrière lui, Karma, qui m'avait observé, a détourné le regard. Je me suis levé et mes deux genoux ont craqué.

"C'est la troisième et dernière balle", annonça le médecin, en tenant un morceau de métal ensanglanté entre les pointes de sa pince.

Alors qu'il commençait à panser l'orifice d'entrée de la balle, le patron a demandé : "Comment va-t-il, Doc ?"

"Il a été touché aux deux bras et à la jambe droite, mais ce ne sont que des lésions musculaires. Je te laisse imaginer le nombre de balles qu'il a pris dans le gilet. Il devrait s'acheter un billet de loterie."

Ophie répondit : "On a déjà essayé de jouer au loto. Il s'avère qu'il n'a de la chance que quand il se fait tirer dessus."

"Dans combien de temps est-ce qu'il sera sur pieds ?" demanda le patron.

"Il va falloir qu'il passe trois semaines au lit pour laisser sa jambe guérir."

"J'ai déjà entendu ça avant", dit Matz en renâclant.

Le vieux médecin l'a regardé. "Après ça, il faudra limiter ses activités pendant quelques mois. Il faudra quatre mois, peut-être cinq, pour qu'il se rétablisse complètement, à condition de prendre la convalescence au sérieux. Sinon, ça pourrait être beaucoup plus long."

"Merci, Doc", dit le patron. "Vous avez des médocs pour lui ?"

Le médecin prit un sac en papier sur l'étagère et le donna au patron.

"Antibiotiques, désinfectant et compresses. Il faudra nettoyer et évaluer les plaies tous les jours. Vous connaissez le topo. Au minimum, faites-le examiner une fois par semaine par un médecin jusqu'à ce que les plaies commencent à cicatriser."

"On veillera sur lui, Doc."

Nous avons mis des vêtements civils propres et avons rangé nos armes et notre équipement à l'arrière de la voiture. Après que les hommes de Ian aient vérifié qu'il n'y avait pas de contrôles de police sur la route de l'aéroport, nous sommes montés en voiture et avons quitté le garde-meubles.

L'avion de Joe nous attendait à l'aéroport.

J'étais assis dans ma chambre, lumières éteintes, et j'ai entendu une chasse d'eau avant que la dernière porte ne se ferme. Nous étions arrivés bien après la tombée de la nuit, et nous nous sommes couchés quelques minutes après avoir transporté les caisses de matériel au sous-sol.

Une fois que la maison est devenue silencieuse, je suis allé dans la cuisine.

J'ai pris la bouteille de Woodford et un verre, que j'ai rempli d'un tiers de glace. J'ai versé du bourbon jusqu'en haut et je l'ai bu en moins d'une minute. Il m'en a fallu deux autres pour atteindre l'état de transe que j'ai maintenu comme un moine bouddhiste pendant les trois ou quatre heures suivantes.

Je me suis versé un quatrième verre que j'ai envisagé de boire à la table en chêne où l'équipe avait décidé de mon sort après le meurtre de Saamir. Mais après réflexion, j'ai éteint la lumière et je suis allé sur le porche arrière pour regarder les étoiles briller dans un ciel sans nuage. L'air était épais et lourd, et je me suis installé sur une vieille chaise en bois avec mon verre, sans me laisser décourager par les moustiques qui volaient autour de ma tête.

Je sirotais lentement mon bourbon, pendant que mon esprit retrouvait un état d'harmonie au milieu des souvenirs de la fusillade. Je repensais à chaque pièce de la maison, au géant qui m'avait écrasé, à notre fuite, couverts du sang de nos ennemis et à notre victoire contre des forces du destin qui semblaient plus grandes que nous.

La porte arrière s'est ouverte et Karma est sortie sur le porche.

Les grillons se sont tus lorsque la porte s'est refermée derrière elle, ne laissant derrière eux que les bruits de la forêt. Elle a fait quelques pas et a posé un verre de vin sur la rambarde, avant de sortir une cigarette d'un paquet bleu et de la glisser entre ses lèvres. Je l'ai regardée porter le briquet à sa bouche. Son doux visage fut éclairé par la lueur vacillante pendant un instant, jusqu'à ce que la seule chose visible soit le bout de sa cigarette. Elle s'est tournée vers moi et a sursauté.

"Salut, David. Je t'avais pas vu."

"Salut, Karma."

Elle a pris une bouffée et a soufflé la fumée sur le côté. "Alors, dis-moi, comment tu t'es retrouvé mêlé aux rebelles du camp de vacances le plus merdique de la planète ?"

"On avait une connaissance en commun." Je revis l'image de Peter effondré sur le sol, me suppliant de l'épargner. "Je pourrais te demander la même chose. Quand ils ont dit que Special K allait venir, je ne savais pas à quoi m'attendre."

"Et quand ils m'ont dit qu'il y avait un nouveau gars qui s'appelait Suicide, je m'étais imaginé quelqu'un de plus de dix-huit ans."

"Vingt-cinq."

"Tu es le plus jeune ici de presque dix ans. Tiens, je t'en dois toujours une." Elle sortit une autre cigarette, l'alluma avec la sienne, et me la tendit. Je l'ai prise et elle a continué : "Matz m'a dit qu'ils t'avaient sorti un flingue de la bouche au moment où tu allais te faire sauter la tête."

"Matz sait rendre les choses plus dramatiques qu'elles ne le sont."

"Il n'est pas connu pour son imagination débordante. Et il dit que tu pourrais encore le faire."

J'ai tiré sur la cigarette et laissé la fumée danser dans mes poumons avant de souffler un nuage vers la forêt sombre. "Qui sait ?"

"Tu es encore un gamin, David. Et tu n'es pas encore un de ces gars, Dieu merci. Il n'est pas trop tard pour faire ta vie loin d'ici." Il y avait quelque chose d'infiniment sexy dans sa voix légèrement éraillée qui exprimait chaque pensée de façon mélodieuse.

"Je pourrais te faire la même remarque."

"C'est vrai. Je n'essaie pas de te juger. Mais tu sais c'est que c'est la seule chose qui soit la fin du monde, David ? La fin du monde. Tu peux te remettre de tout le reste, et tu ne peux pas te mettre un flingue sur la tempe chaque fois que quelque chose va mal dans ta vie. Le patron m'a un peu parlé de ton passé. Je sais que tu n'as pas de famille, mais il doit bien y avoir quelque chose vers quoi tu pourrais retourner."

"Je ne te demande pas de compatir, Karma. Les choses sont ce qu'elles sont, et je n'ai pas de raison de me plaindre."

J'ai pris une gorgée pendant qu'elle me regardait, de la fumée sortant à travers ses lèvres. Les grillons avaient repris leurs chants, mais ils n'étaient plus en rythme avec la forêt.

"J'espère que tu trouveras ce que tu cherches, David. Je te le souhaite vraiment. Mais si tu es comme ça maintenant, je préfère ne pas penser à ce que tu seras quand tu auras l'âge de ces gars. Je vois la façon dont tu les regardes. Tu les entends probablement parler de tout ce qui les attend après la retraite, et tu avales probablement tout ce qu'ils te disent."

"Et alors ? Ils l'ont mérité."

"Sauf qu'ils seront aussi malheureux dans le sud qu'ici. Peut-être même plus. Un manoir sur la plage ne va rien changer, s'ils sont encore en vie d'ici là. Une fois qu'il n'y aura plus de travail et plus personne à tuer, ils réaliseront à quel point ils se sentent vides. Toute cette haine intérieure ne disparaîtra pas comme par enchantement, juste parce qu'il y a des palmiers autour d'eux."

"Alors pourquoi as-tu dit à Ophie que tu irais avec eux ?"

Elle baissa son verre en faisant tourner le liquide à l'intérieur, et me regarda sans cligner des yeux pendant plusieurs longues secondes.

"Tu ne comprends vraiment pas. Je vais pouvoir revenir en Amérique, David. Personne ne sait qui je suis. Et à moins que les flics ne te mettent le meurtre de Saamir sur le dos, ils ne te connaîtront probablement pas non plus. Mais Matz, Ophie et le patron ont trempé dans tellement de trucs que des gens essaieraient de les tuer toute leur vie s'ils restaient ici. Tu crois qu'ils vivent dans cette maison au milieu de nulle part parce qu'ils peuvent se réinsérer dans la société quand ils le veulent ? Caspian est rentré chez lui pour voir sa mère quand elle a reçu son diagnostic et il a disparu en moins d'une semaine. Il n'y a pas de retour possible pour eux. Prendre leur retraite dans le sud est leur seule solution au seul problème qu'ils ne peuvent pas tuer. Donc, oui, je vais vous aider à déménager. Et après ça, je continuerai à vous rendre visite pour m'assurer que vous allez tous bien, parce que je suis terrifiée à l'idée que ça se passe mal."

Elle leva les yeux vers le ciel pendant un moment, puis elle jeta les quelques gorgées de vin qui restaient dans son verre. Elle prit une dernière bouffée de sa cigarette et la jeta aussi.

"Bonne nuit, David", dit-elle sans se retourner.

"Bonne nuit, Karma."

Elle disparut à l'intérieur, me laissant comme elle m'avait trouvé.

CONDAMNÉ

A fronte praecipitium a tergo lupi

-Un précipice devant, des loups derrière

15

Le lendemain, le téléphone du patron sonna à l'heure du déjeuner. Il en avait toujours deux sur lui, mais je ne l'avais jamais vu recevoir un appel sur le deuxième.

"Envoyez-le", dit-il, avant de faire une longue pause. "Bonjour, monsieur." Il claqua des doigts et pointa son doigt vers un papier et un stylo. Je les ai placés devant lui.

"Oui, monsieur, allez-y." Il commença à griffonner. J'avais du mal à déchiffrer ses abréviations. Au-dessus d'une ligne de texte, il avait écrit *CINQ*. "Compris. Ce ne sera pas un problème, monsieur. On s'en occupe." Après une autre longue pause, le patron sourit. "Monsieur, si cet appel pouvait être tracé, nous ne serions pas l'équipe qu'il vous faut... Oui, monsieur."

Il raccrocha et nous regarda.

"Ça a l'air de s'être bien passé", dit Ophie.

"Les informations que Ian a tirées de ce van ont porté leurs fruits, en fin de compte. Les Cinq Têtes se réunissent dans deux semaines pour trouver un moyen de prévenir la divulgation de leurs secrets. On a une date et une heure, mais pour le lieu, on sait juste que c'est quelque part dans le Colorado. Et c'était le Régisseur lui-même, pas son assistant."

"Ils seront tous là en même temps ? Ça n'a pas de sens", dit Matz.

"Ils doivent être désespérés. Ophie, contacte Joe pour organiser le vol. Le poids total sera le double de la dernière fois, si ce n'est plus. On lui donnera les détails dès qu'on les aura. Matz, prends David avec toi et commencez à charger tout le matériel de l'équipe et à le préparer pour le transport. J'amène Ian."

"C'est quoi la mission ?" demandai-je.

Le patron me regarda avec des yeux vides. "Tous les tuer."

Le lendemain, une voiture arriva lentement dans la longue allée de terre. Son seul occupant se gara devant la maison et sortit un sac du coffre.

Ophie, qui regardait depuis la porte d'entrée, cria : "Café ! Apportez du café à cet homme !"

Je lui ai versé une tasse et je suis revenu, alors que Ian entrait en vacillant, avec sa sacoche en bandoulière. Ses yeux étaient injectés de sang, au-dessus de gros cernes noirs.

"Qu'est-ce qui t'est arrivé, putain ?" demanda Matz

"Je n'ai pas dormi depuis que j'ai reçu l'appel. On a trouvé le site. Laissez-moi vous briefer, et ensuite j'irai dormir quelques heures pendant que vous commencez à planifier la mission."

"Tu veux t'allonger d'abord ?" proposa le patron. "Tu as une sale tête."

"Il y a du boulot. Il faut que vous commenciez maintenant."

Ian disposa des cartes et des photos sur la table de la cuisine, et nous nous sommes regroupés autour de lui. Il a bu la moitié de la tasse de café fumant en une série de longues gorgées avant de poser la tasse. Puis, il a sorti une boîte ronde de sa poche, en a pris une petite quantité de poudre brune qu'il a sniffée. Après avoir répété le processus dans l'autre narine, il a fermé la boîte et l'a remise dans sa poche.

"OK, commençons", dit-il. "La réunion aura lieu dans cette enceinte murée." Il montra une photo d'une vue de dessus. "C'est plutôt isolé comme endroit. C'était autrefois un domaine privé, et maintenant il est loué à de riches hommes d'affaires qui viennent y baiser leurs maîtresses. Comme vous pouvez le voir, il y a un bâtiment principal, une maison d'hôtes et un pool house à côté..."

"C'était de la cocaïne ?" demandai-je.

"Quoi ? Non, juste du tabac à priser."

"David", tais-toi. Continue Ian", dit le patron.

"Cette enceinte est donc une sorte de retraite dans des collines avec une vue panoramique. De nombreux chemins de terre sillonnent la zone. Le Régisseur avait raison : les Cinq Têtes seront là à la date qu'il a indiquée. Comme ils fonctionnent tous indépendamment, leurs détachements de sécurité personnelle les escorteront vers et depuis le site une fois que les périmètres de sécurité intérieur et extérieur auront été mis en place.

La sécurité intérieure commencera par un balayage complet du site, ce qui implique une contre-surveillance pour chercher des dispositifs d'écoute et des chiens pour détecter les explosifs. Une fois les vérifications terminées, ils vont transformer le site en une place forte et contrôler l'accès de tout ce qui entre et sort. On peut aussi supposer qu'ils effectueront des patrouilles dans un périmètre d'au moins cinq cents mètres autour du complexe.

Une société tierce s'occupera de l'anneau de sécurité extérieur. Ils bloqueront les voies d'accès pendant toute la durée de la réunion et auront des véhicules qui patrouilleront sur les routes environnantes. Je pense qu'ils auront également des postes d'observation à chaque intersection importante dans un rayon de deux kilomètres et enverront un de leurs véhicules vérifier s'il y a quelque chose de suspect."

"Combien de gardes de sécurité dans chaque périmètre de sécurité ?" demanda le patron.

"Trop." On n'a pas encore de chiffre, mais ça va être beaucoup. Plus que vous ne pourrez affronter directement."

"Je crois que le terme exact c'est une tétrachiée", ajouta Ophie.

Matz regarda Ian. "Est-ce qu'on pourrait frapper les véhicules des cibles quand ils entrent ou qu'ils sortent ?"

"Vous pourriez en cibler un ou deux, mais vous ne les auriez pas tous. Leur arrivée et leur départ seront étalés dans le temps."

Le patron déclara : "Leurs départs ne seront pas étalés si un assaut déclenche une évacuation. Ils se battront pour être les premiers à sortir, et si leurs chauffeurs sont bons — ce qui est le cas — ils sortiront pare-chocs contre pare-chocs, à la vitesse définie par le véhicule de tête. Ils seraient tous en un seul convoi, prêts à être cueillis. Est-ce que c'est la société tierce qui est responsable de l'évacuation ?"

"Non, c'est la responsabilité de leurs détachements de sécurité personnels. La sécurité auxiliaire couvrirait la zone pendant que les VIP seraient évacués."

"Ça aurait donc l'avantage supplémentaire de laisser la plupart des gardes sur place. Et le convoi" — il pointa son doigt sur la carte — "devra traverser ce tronçon de route jusqu'à l'intersection suivante avant de pouvoir se séparer. Et si on leur tendait une embuscade le long de cette route, peut-être dans un virage où ils devront naturellement ralentir ? Des explosifs pourraient suffire avec un peu de chance. Si on ajoute quelques gars avec des lance-roquettes et des mitrailleuses, on est sûrs de gagner."

"C'est une route goudronnée", fit remarquer Ian. "Vous ne pourrez pas creuser pour y placer des EEI."

Matz se pencha en avant et posa ses poings sur la table. "On pourrait quand même creuser dessous, et si on utilise suffisamment d'explosifs sur le bord de la route, ça ne sera même pas nécessaire. Il faut qu'on mette le paquet, comme un bouquet final de feux d'artifice. Une destruction totale. La dernière chose qu'on veut, c'est que ce soit un véhicule de sécurité qui fasse les frais de l'explosion et que les cibles s'échappent."

"Et quand est-ce que tu creuserais ? Il y aura des patrouilles de sécurité dans toute la zone."

Le patron répondit : "Il n'y aura personne une semaine avant la réunion. On pourrait y aller plus tôt, repérer l'endroit idéal et enterrer nos explosifs la nuit. On pourrait aussi enterrer les roquettes et les mitrailleuses, puis tout camoufler et partir. Avant la réunion, on se ferait déposer en voiture en dehors du périmètre de sécurité et on irait au point d'embuscade en traversant la forêt à pied."

"Mais comment on va faire pour les faire évacuer ?" demanda Matz.

"Des mortiers devraient faire l'affaire."

"C'est quoi des mortiers ?" demanda Karma.

Ophie se tourna vers elle. "Voilà ce qui arrive quand on prend une femme pour faire un travail d'homme, les gars. Karma, les mortiers c'est les gros tubes sur un bipied que t'as dû voir dans tous les films de guerre que t'as vus dans ta vie. Un type ajuste l'angle et un autre laisse tomber un obus dedans, le tube fait boum, et quelque chose au loin explose."

"Je vois ce que c'est", dit Karma en hochant la tête.

Ian secoua la tête. "Patron, s'ils reçoivent des tirs indirects, il y a des chances qu'ils restent à l'abri à l'intérieur et qu'ils attendent les renforts. Ils sauront qu'on n'a pas des munitions illimitées."

Le patron ferma les yeux et inspira. "Pas si on arrive à les convaincre qu'on va les assiéger."

"On est loin d'avoir assez de gars pour mener un assaut au sol", dit Matz.

"Ça, ils ne le savent pas, et ces gars ont encore plus peur du Régisseur que Ian. Si on commence à tirer des obus de mortier de 120 mm, puis qu'on passe à 81 mm, puis à 60 mm, en changeant la direction des tirs au fur et à mesure, ce sera assez convaincant pour leur faire croire qu'une force terrestre approche. Ils évacueront toutes les cibles en direction de notre embuscade. Et s'ils n'évacuent pas, on tirera tous les obus de mortier qu'on aura sur leur position et on partira comme prévu. S'il y en a qui survivent, on lancera une deuxième attaque quand Ian aura localisé leurs positions."

Ian se pencha en avant et posa ses coudes sur la table. "La première partie semble réalisable, mais j'ai des doutes pour les attaques secondaires. Je vous conseillerais de prendre votre retraite après cette mission, quelle qu'en soit l'issue. Laissez tomber le dernier paiement et considérez ça comme votre dernière mission. Patron, est-ce que le Régisseur t'a dit comment il a fait pour connaître la date et l'heure de la réunion ?"

Karma se leva et posa son poing de manière pensive sous son menton. Elle m'a regardé dans les yeux, et j'ai tourné la tête vers le patron.

"Non", dit le patron. "Il n'a rien dit."

"Il a parlé aux Cinq Têtes. Les informations qu'on a trouvées dans le Sprinter les ont conduits à négocier, comme je vous l'avais dit. Maintenant, les Cinq Têtes et leur organisation envisagent une fusion d'entreprise ou bien tout simplement de payer pour éviter d'être chassés. Les détails sont en cours de finalisation. Est-ce qu'il t'a dit quelque chose à ce sujet, patron ?"

"Non."

"Il n'a pas non plus mentionné qu'il allait participer à une conférence téléphonique avec les Cinq Têtes lors de cette réunion."

"Non."

"Exactement. Il joue le jeu des négociations juste pour consolider leur relation afin de pouvoir vous envoyer les décapiter. Il ne se soucie pas des potentiels gains financiers ou d'une possible expansion, peu importe les dizaines ou les centaines de millions de profit que cela peut rapporter à long terme. Et on sait maintenant qu'il planifie à très long terme. Qu'est-ce que vous en concluez ?"

"Il veut créer un précédent", répondit le patron.

Ian hocha lentement la tête. "Le monde n'est pas assez grand pour que ses ennemis se cachent. Un défi pour son organisation est un contrat de mort à durée indéterminée qui ne peut être ni acheté ni annulé. Si l'autre partie avait réussi, je suis sûr qu'il serait allé jusqu'à la destruction mutuelle, et ce n'est pas parce qu'il n'est pas calculé."

"Alors c'est pourquoi ?" demanda Matz.

"Je pense qu'il est comme vous, d'une certaine façon. Il a choisi sa voie, et il s'y est engagé en excluant tout le reste. Il a fait son temps dans les tranchées, et maintenant c'est lui qui déplace les pièces du jeu d'échecs. Et je pense qu'il aime ça. Si j'essayais de le recruter comme source, je lui offrirais ce qu'il aime faire. Pas d'argent ni de femmes. Je ne crois pas au diable, mais je pense que cet homme est ce qui s'en rapproche le plus."

Ophie tendit ses bras vers l'extérieur. "Espérons que le diable paie, car je suis prêt à commencer à travailler sur mon bronzage. Et arrête d'être aussi mélodramatique, Ian. Tu fais peur à Karma."

Ian fronça les sourcils. "Finissez cette cible et partez dès que vous aurez terminé. Oubliez le dernier paiement et arrêtez-vous là. Il aura une liste de cibles secondaires à tuer, peu importe le nombre de personnes que vous tuerez à cette réunion, et vous n'arriverez jamais à la fin de cette liste."

"Alors pourquoi ne pas tout arrêter maintenant ?" demandai-je.

C'est Matz qui m'a répondu : "Si on ne termine pas le travail, on est des hommes morts. Une fois le boulot terminé, il ne nous poursuivra pas. Prendre l'acompte et laisser le reste de notre paiement final lui assure qu'on est partis pour de bon, et c'est la seule façon de sortir de ce jeu sans mourir. Ophie, où est-ce que t'installerais les mortiers ?"

Ian se pencha en arrière et croisa les bras. Il regarda d'abord Karma, puis moi, mais il resta silencieux.

Ophie étudia la carte et pointa un endroit du doigt. "Je dirais quelque part sur cette colline. C'est à environ trois kilomètres de la cible. Ça fait un peu loin pour le 60 mm, mais ça ne pose aucun problème pour le 81 et le 120. Si on se met plus loin, le 60 devient inutile. Si on se met plus près, on est dans le périmètre de sécurité extérieur."

Matz déclara : "Il faut qu'on fasse la même chose que ce qu'on a prévu pour le site de l'embuscade. Diriger les mortiers vers la cible, imperméabiliser les canons et les obus, tout camoufler, puis y revenir juste avant de lancer l'attaque."

"Et notre fuite ?" demanda Ophie. "Vu l'emplacement du point de tir des mortiers et la position de l'embuscade, il va nous falloir un chauffeur à chaque endroit."

Le patron dit : "J'en ajouterais un troisième, qui conduira un véhicule assez grand pour contenir toute l'équipe. On pourrait le mettre à une intersection sur ces étroites routes de terre et faire en sorte que tout le monde se rende à ce point. Les deux autres voitures pourront se garer en travers des routes sur lesquelles elles arriveront, pour ralentir les éventuels poursuivants. Cela présente l'avantage supplémentaire d'offrir une certaine flexibilité quand on partira : si quelqu'un ne peut pas effectuer la liaison à temps, on bloque quand même l'accès à la route opposée sans ralentir leur mouvement le long de la principale voie d'évacuation."

"Je peux fournir deux chauffeurs, y compris moi-même", déclara Ian.

"Special K sera la troisième. Ça nous laisse à quatre, et comme il faut qu'on soit au moins trois sur le site de l'embuscade, je propose que David soit tout seul avec les mortiers."

"Pourquoi pas Matz ?" demandai-je. "Sa jambe est encore en cours de guérison."

Ophie répondit : "Raison de plus pour qu'il soit avec le patron et moi. Si quelque chose capote de notre côté, Matz ne sera pas seul et on pourra trouver une solution. On pourra régler les mortiers quand on les installera, tant que David peut tirer les obus."

Ian déclara : "Il vous faut plus de monde. Vous envoyez David au casse-pipe, et trois gars contre cinq voitures, c'est de la pure folie. Vous avez failli perdre David et Matz sur le dernier coup, et vous n'aviez que quatre gardes en face. Vous feriez bien d'engager des mercenaires sur ce coup-là."

Tout le monde à table s'est tu. Le patron a pris les photos de l'enceinte dans une main et la carte dans l'autre, et les a regardées à tour de rôle. Il les a reposées, puis a regardé les visages en face de lui. Matz fit un léger signe de tête. Ophie était impassible.

"On peut y arriver", dit le patron.

"Comment ? " demanda Ian. "Vous feriez mieux d'engager plus de gars pour réduire les risques."

Matz répondit : "Des gars en plus, c'est du salaire en moins. On sépare déjà en assez de parts comme ça, surtout depuis que David a décidé de ne pas mourir."

Le patron déclara : "Faire venir des gars de l'extérieur est risqué, surtout si on approche de la fin de notre collaboration avec le Régisseur. Ce serait difficile de recruter quelqu'un en si peu de temps."

Les yeux de Karma étaient remplis d'incrédulité. "Vous allez risquer l'annihilation totale juste pour engranger plus d'argent que vous n'en avez déjà ?"

"Personne ne te force à être ici", dit Matz d'une voix impassible. "Tu connais les conditions."

"Oui, et je reviens à chaque fois pour voir tirer un peu plus sur la corde. Mais un de ces jours, elle va finir par casser."

Ian dit au patron : "Tu devrais prendre ta retraite tout de suite après ce coup. Je suis sérieux. Fais tes cartons à l'avance, et on t'enverra tout ça dans ta nouvelle maison. Ne reviens pas après l'attaque. Je conduirai moi-même le véhicule de fuite principal. On chargera tout ça dans un semi-remorque qui partira vers le sud."

"Ça me va", dit Matz.

"Moi aussi", dit Ophie en haussant les épaules.

"Est-ce que quelqu'un en dehors de cette pièce connait déjà l'implication de David ?" demanda le patron.

Ian secoua la tête. "Non. Ils n'ont pas fait le lien avec la mort de Saamir. Et ils ont pratiquement abandonné l'enquête du meurtre de Peter. C'est une raison de plus pour que David aille avec vous. Tant qu'il ne se fait pas griller avant la retraite, il pourra être votre lien avec les États-Unis si vous avez besoin de quelque chose."

J'ai hoché la tête. "J'accumulerai des miles pour vous les gars."

Le patron joignit ses mains par le bout des doigts et posa ses yeux fatigués sur chaque personne présente dans la pièce. C'est sur moi qu'il s'attarda le plus longtemps pendant qu'il réfléchissait à ce qu'avait dit Ian. Il inspira profondément et finit par dire : "Occupons-nous de tout ça."

Ian répondit : "Compris. Est-ce que vous avez d'autres questions ? J'aimerais rejoindre les bras de Morphée pendant un moment."

"C'est bon", dit le patron. "Tu peux prendre ma chambre aussi longtemps que tu voudras. On ne bouge pas d'ici."

Ian prit sa sacoche et quitta la cuisine.

Le patron annonça : "OK, récapitulons ce qu'on a pour le moment et quels sont nos problèmes."

Ophie grogna. "Il y a quelque chose dont Ian n'a pas parlé. Pour poser les explosifs, on va devoir nous garer sur une route en dur. Il n'y aura pas de traces sur le sol. De même, avant de déclencher l'explosion, on pourra se faire déposer sur la route goudronnée et marcher sans avoir à traverser de chemin de terre."

"D'accord. Et donc ?"

"Regarde là où seront les mortiers. Le point le plus proche pour décharger le matos est un chemin de terre, donc entre les traces des véhicules et le déchargement du matériel dans les bois, ce sera autant de traces que les équipes de sécurité pourront trouver."

"Ça aura le temps de s'estomper, surtout si on évite les routes de terre par la suite."

"On va devoir déposer David quelque part, et on ne pourra pas éviter cette toile d'araignée de chemins de terre tout autour de la colline. Plus il se déplacera à pied, plus il sera en danger. Il risquerait d'être repéré par un poste d'observation chaque fois qu'il traverse une route, ou par quelqu'un qui trouverait ses traces. Dans les deux cas, ça les mènerait directement vers le site du mortier."

Le patron étudiait la carte en se massant les tempes.

"Patron, je peux voir la carte ?" demandai-je.

Il me la donna.

Matz dit : "Voyons voir ce que tu trouves, Suicide. Qu'est-ce que tu as appris à l'université qui pourrait nous aider ici ?"

"Rien du tout. Mais je sais ce que je peux faire avec un parachute. Il y a une petite clairière sur cette crête à environ un kilomètre du site des mortiers, et elle se trouve à l'intérieur des limites de tous les chemins de terre. Même s'il y a quelques arbres, il y a assez de place pour que je puisse atterrir."

"Peut-être si tu sautes de quelques centaines de mètres, mais pas d'un avion."

"J'ouvrirais à quelques centaines de mètres. Ce serait avec une voile de BASE jump, pas avec un parachute classique. Sauf si vous voulez qu'ils voient un parachute à mille mètres qui tourne en rond pendant plusieurs minutes avant d'atterrir."

"Je suis plus préoccupé par le fait qu'un avion vole au-dessus et qu'un gars tombe juste à côté du site des mortiers", dit le patron.

"Demande à Joe de décaler de trois kilomètres et de me larguer à quatre mille mètres avec une wingsuit, et je pourrai planer jusqu'au-dessus du site."

"Ce n'est pas plus ridicule que toutes les autres idées dont on a discuté jusqu'à présent", dit Karma.

"Et si tu te plantes ?" demanda Ophie.

Je me suis penché en arrière sur mon siège. "Faites-moi sauter la veille. Si vous n'avez pas de nouvelles, vous pourrez envoyer Ophie à ma place. Si je fais prendre par la sécurité, vous pourrez toujours tout annuler. Dans tous les cas, je suis le seul à prendre un risque avant que vous n'engagiez toute l'équipe de l'embuscade et les chauffeurs."

Le patron me tendit la main pour que je lui rende la carte.

"Tu pourrais voler aussi loin avec ton costume d'écureuil volant ?" demanda Ophie.

"Ça s'appelle une wingsuit. Et oui."

"Je crois que t'as vu trop de films de James Bond", ajouta Matz.

"Si tu as une meilleure idée, Matz, je t'écoute", répondis-je.

Le patron regardait la carte, sans rien dire.

16

Nous avons atterri juste avant le lever du soleil. C'est le crissement des roues sur la piste qui m'a réveillé. J'ai regardé par le hublot et vu les montagnes baignées des teintes dorées du ciel. Puis j'ai tourné la tête et vu que Karma me regardait. Elle a détourné le regard. Ophie et Matz dormaient encore. Le patron n'avait pas dormi du tout.

Joe fit rouler le Caravan jusqu'à un hangar privé sur le bord de la piste. Deux pickups étaient garés dans un coin du hangar. L'avion s'est arrêté, et Joe a coupé le moteur. Puis nous sommes descendus sur le sol en béton et nous sommes préparés à décharger l'équipement.

Le vol avait été dangereux et la journée à venir le serait encore plus. Nous avions amené des tonnes de matériel et d'explosifs dans cet avion qui avait traversé plusieurs états. La possession de presque n'importe lequel des articles de notre cargaison aurait pu nous valoir une peine de prison à perpétuité, sans compter les accusations de terrorisme.

Le fait de ne disposer que d'une seule semaine pour acquérir et nous former à ce matériel, nous avait demandé de nombreux efforts. Sans parler du fait que nous avions dû également emballer tout ça, malgré un emploi du temps déjà bien rempli. Matz nous avait préparé un emploi du temps très serré et nous étions épuisés lorsque nous avions enfin fini de charger l'avion. Tout le monde, sauf le patron et Joe, s'était endormi avant le décollage.

Mais notre effort n'était pas terminé. Il était risqué de transporter le matériel vers un aéroport commercial, mais encore plus risqué de le déplacer en pickup pendant deux heures et demie vers la zone cible reculée. Nous ne pouvions pas risquer d'être vus sur le lieu de l'embuscade, où il nous faudrait toute une nuit pour enterrer et camoufler les explosifs le long de la route. Il nous faudrait aussi cacher les lance-roquettes et les mitrailleuses. Après cela, nous ne pourrions pas revenir avant le jour de la réunion, après que les patrouilles de sécurité aient commencé dans la zone où nous serions déjà infiltrés.

Cela représentait un effort énorme pour cinq personnes, quel que soit le délai imparti, et le patron voulait que tout soit terminé le matin suivant notre vol. Au lever du soleil, nous pourrions emménager dans une maison sécurisée que Ian avait aménagée pour nous et passer quelques jours pour récupérer. Mais à notre arrivée dans le Colorado, mener à bien l'attaque contre les Cinq Têtes nous semblait bien plus facile que les préparatifs eux-mêmes.

La lune brillait, exposant la bande d'asphalte qui serpentait entre les collines escarpées. J'ai appuyé ma tête contre le pickup, maintenant garé au milieu de la route avec le capot levé. Karma conduisait l'autre voiture, qu'elle avait garée de la même manière à un kilomètre et demi de là.

Le patron, Matz et Ophie étaient à l'œuvre entre les deux véhicules, pour préparer le site de l'embuscade.

Je croisais mes bras sur ma poitrine, en essayant d'éviter les frissonnements accentués par notre altitude dans les collines. L'air frais de la nuit semblait cristalliser les étoiles dans une clarté absolue, dans un ciel sans aucun nuage. Le froid avait fait taire presque tous les animaux sauvages des environs, à l'exception du hululement occasionnel d'une chouette. Sans le bruit des grillons, des grenouilles ou autres bruits ambiants, mes acouphènes me semblaient plus forts que jamais. Dans n'importe quelle autre circonstance, j'aurais commencé à boire pour sortir mes pensées de l'obscurité. Mais sans alcool, je ne pouvais que m'asseoir et attendre que le soleil se lève tout en laissant mon esprit se déchirer lui-même.

Mon téléphone portable vibra dans le silence de cette nuit sans vent.

J'ai sorti le téléphone de ma poche en maugréant. "Matz, je suis encore debout..."

Une voix féminine répondit : "Il t'a appelé aussi ?"

Je me suis redressé. "Salut, Karma. Ouais, je crois qu'il a peur que je m'endorme dans la voiture."

"Je crois qu'il a peur que je me barre en ville pour acheter des cigarettes."

"Je suis surpris que tu ne l'aies pas encore fait."

"Je ne suis pas encore à court de clopes. Pourquoi vous aviez tous l'air aussi crevés quand je suis venu vous chercher tout à l'heure ?"

"Peut-être parce qu'on venait de passer des heures à monter des mortiers en haut du mont Everest."

"Matz avait l'air d'en chier plus que vous."

"Il a reçu une balle dans la jambe. Évidemment qu'il en chiait."

"Pourquoi est-ce que vous avez amené une masse là-haut ?"

"Pour enfoncer les plaques de la base du mortier. Sinon, il

faut tirer plusieurs obus pour que ça se tasse et que ça reste en place."

"J'ai trouvé que tu portais ça de manière très naturelle."

"Je m'en souviendrai quand on fera la séance photo pour notre calendrier d'équipe."

"Alors, ça fait quoi de vouloir se suicider ?"

J'ai soupiré et levé les yeux vers le ciel. "On plonge direct dans le vif du sujet, c'est ça ?"

"La vie est courte, David." J'ai entendu le bruit de son briquet au bout du fil.

"C'est comme être un ado dans une école catholique", répondis-je. "Un sentiment de désir intense en permanence, et le fait que tout le monde te dise que c'est mal et que tu iras en enfer ne suffit pas à arrêter tes hormones. Ça ne sert à rien d'essayer de lutter."

"Pourquoi ne pas voir un médecin ?"

"J'aime pas les pilules."

"Non, tu n'aimes pas demander de l'aide. Tu devrais peut-être envisager de prendre des médocs."

"L'alcool fait aussi des merveilles."

"Et si je voulais que tu voies un médecin ? Et si j'y allais avec toi ?"

"Non, merci."

"Mais je t'attire, non ?"

"Je suis attiré par beaucoup de femmes. Ça ne veut pas dire que je les laisse me donner des ordres."

"Mais est-ce que je me trompe ou il n'y a pas que ça ?"

"Tu es la seule femme dans une maison pleine de mecs. Tu n'as pas beaucoup de concurrence. Ne t'emballe pas, Karma."

"Je surprends toujours des gars en train de me mater. Mais toi, je te surprends à essayer désespérément de ne pas le faire. Comment ça se fait ?"

"Je vais essayer de te traiter davantage comme un objet à l'avenir."

"Pourquoi tu ne m'as pas appelé ce soir ?"

Ma main libre était posée sur la poignée du Glock caché sous ma veste. "Je renoue avec la nature."

"Tu aurais quand même pu appeler. Ça fait un moment qu'on est ici."

"Tu sais très bien pourquoi."

"Non, je ne sais pas."

"Tu es l'ex de Matz."

"Vraiment ?"

"Ça ne me pose pas de problème, mais il y a des limites que je ne peux pas franchir."

"T'es con."

"C'est un truc de mecs, Karma. C'est un connard, je te l'accorde. Mais il m'a sauvé la vie plus d'une fois, et je ne peux pas lui faire ça."

"Je ne suis pas son ex. Je suis sa sœur."

J'ai fait une pause. "Pas étonnant que tu sois une garce, alors."

"C'est mieux ou c'est pire que d'être son ex ?"

"Bien pire."

"Et tu me trouves pathétique au point de penser que je pourrais sortir avec un type comme Matz ?"

"C'est pas faux. Je m'excuserai en personne demain."

"Tu t'excuseras en personne aujourd'hui. Il est minuit."

J'ai regardé ma montre. "Bon, puisqu'on se parle franchement, qu'est-ce que tu fais ici ?"

"Qu'est-ce que tu veux dire ?"

"Tu sais très bien ce que je veux dire. Ce boulot."

"On a tous nos motivations, David."

"Oui, mais je n'arrive pas à savoir quelles sont les tiennes. Tu as l'air de détester tout ce qu'on fait."

Elle s'est tue un instant, me laissant avec mes acouphènes dans mes oreilles.

"Quand Matz m'a appelé pour ce boulot, je ne lui avais pas parlé depuis des années. C'était l'occasion de revoir mon frère. Ensuite, ça s'est transformé en un boulot deux fois par an comme conductrice. Ça suffisait à payer toutes les dépenses que je pouvais avoir."

"Et tu as continué à le faire."

"Je suis obligée."

"Pourquoi ?

"Matz ne me laisse pas le voir en dehors du boulot. Et il n'était plus le même après avoir quitté l'armée. Il a des problèmes à cause de ce qu'il a fait là-bas, et il ne veut pas non plus recevoir d'aide."

"Après l'avoir vu en action, je ne suis pas sûr que ça le dérange."

"Oh, tu ne le remarqueras pas quand il est en action. Tu le verras le reste du temps. Il ne peut plus supporter la normalité."

"Et les autres ?"

"Tu veux vraiment mon avis ?"

"Oui."

"Le patron fuit quelque chose. Son cerveau ne s'arrête jamais, il a besoin de canaliser son énergie. Je ne crois pas qu'il tire un quelconque plaisir de ce travail. C'est quelque chose de compulsif pour lui. Quand son cerveau est occupé par la planification des missions, il ne pense pas à son passé."

"Et Ophie ?"

"Il fait ça comme il pourrait faire autre chose. J'ai l'impression qu'il se fout de tout. Pour lui, c'est juste plus marrant que la chasse au cerf."

"Il y a qui d'autre ?"

"Nous."

"Qu'est-ce que tu dirais sur moi ?"

"Je dirais que t'es intelligent, mais que tu ne mets pas cette intelligence à profit. Tu ne fais que t'apitoyer sur ton sort. Tu es la seule personne que je connaisse qui ne croit pas en Dieu, mais qui le déteste quand même. Et puis tu es capable de résister à l'attirance sexuelle, mais tu ferais n'importe quoi pour une bouteille de scotch."

"De bourbon."

"De bourbon", se corrigea-t-elle. "À part ça, j'ai visé juste ?"

"Pas mal."

"Tu es aussi à mi-chemin entre vouloir de l'adrénaline à tout prix et vouloir mourir."

"Belle analyse, Karma. J'accepte, même si tu ne comprends rien à mes penchants pour l'alcool. En temps normal, je serais extrêmement offensé, alors considère ça comme un compliment."

"À ton tour. Qu'est-ce que tu dirais de moi, David ?"

"Je n'ai pas vraiment été attentif. Laisse-moi une semaine."

"Dis-le-moi maintenant", insista-t-elle, en expirant la fumée de sa cigarette.

"Tu es gentille de nature, et par extension, gentille avec toutes les personnes que tu rencontres. Les autres sont heureux en ta présence."

"Arrête tes conneries, David. Tu parles comme une diseuse de bonne aventure."

J'ai fermé les yeux, en imaginant son expression alors qu'elle attendait ma réponse. "Tu es vraiment magnifique, tu penses savoir ce qu'il y a de mieux pour les autres et tu es légèrement narcissique. Ces trois choses font qu'il est parfois difficile de savoir si ce sont des commentaires bien intentionnés ou des déclarations condescendantes sur la nature de la vie et du bonheur que tu projettes sur les autres."

"Ça ne veut pas dire que j'ai toujours tort."

"Non, mais tu n'as jamais été dans une situation où tu étais sur le point de mourir, ou dans laquelle tu as dû prendre la vie de quelqu'un d'autre. Tu n'as jamais non plus cherché à te retrouver vraiment seule. Par conséquent, tu as tendance à juger facilement ceux qui l'ont déjà été, ce qui inclut tous ceux qui se trouvent sur la route entre nous deux en ce moment."

"Autre chose ?"

"Tu serais une mère formidable parce que tu traites déjà tout le monde comme un enfant."

"Tu trouves ?"

"Oui."

"C'est un peu sévère, mais tu n'as peut-être pas complètement tort."

"Est-ce que j'ai raté quelque chose ?"

"Oui."

"Quoi, par exemple ?"

"J'avais un sérieux problème avec la coke, et tout ce qui va avec. J'ai quelques années de plus que toi et je sais ce que c'est d'être au fond du trou, alors ne crois pas que je sois hypocrite quand je dis que tu as besoin d'aide."

"Je vois."

"Et Matz et moi avons grandi avec un père violent."

"Je suis désolé. Comment ça s'est passé pour Matz ?"

"Matz avait dix-sept ans quand il a envoyé notre père à l'hôpital. Il a pété les plombs. Après ça, c'était l'armée ou la prison. Et je n'ai jamais retrouvé mon frère comme il était avant."

"Où est votre père maintenant ?"

"À ton avis ?"

"Connaissant Matz, je suppose qu'il est mort de causes pas vraiment naturelles."

"Tu es très perspicace."

Mon téléphone sonna. "Merde, attends. C'est Matz."

"Super."

J'ai pris l'autre appel.

"Vous êtes bien sur le répondeur de David. Veuillez laisser un message après le..."

"T'es réveillé ?" demanda Matz.

"Plus que jamais. Comment ça se passe là-bas ?"

"La zone de mise à mort est en place. Les roquettes et les mitrailleuses sont en lieu sûr, mais il va nous falloir encore quelques heures pour enterrer toutes les charges."

"Oh." J'ai fait une pause. "Tu te sens mieux ?"

"Va te faire foutre."

"Je voulais juste m'assurer que tu allais bien, vu que tout à l'heure, tu avais l'air un peu..."

Il a raccroché, et j'ai repris l'autre appel.

"OK, je suis là."

"

Je suis à court de cigarettes", dit-elle.

"Si ça peut te faire te sentir mieux, je n'en avais même pas."

"Dommage que tu ne sois pas là."

"Pourquoi ? Tu partagerais avec moi ?"

"T'as envie de le savoir ?"

"Un peu."

"T'as vraiment envie de le savoir ?"

"À quoi tu penses, Karma ?"

"Je veux que ce soit toi qui le dises."

"Alors demande-le-moi en face."

Quelques secondes s'écoulèrent avant qu'elle n'ajoute : "Comment s'appelle la fille que t'étais censé épouser ? Celle qui a couché avec ton meilleur ami."

"Sarah."

"Et la fille après elle ?"

"Laila."

"Parle-moi de l'ex de Laila."

J'ai étiré mes omoplates et senti mon dos craquer, avant de me détendre à nouveau. "Elle l'a quitté pour moi. Il ne l'a pas bien pris. Je l'ai appelé pour lui dire de la laisser tranquille. Il m'a rappelé une autre fois. On a fini par s'insulter les deux fois."

"Et quelle a été ta réaction rationnelle suite à ce concours de bite ?"

"Je lui ai fait sauter la tête."

"Tu as fait ça pour elle ?"

"J'ai fait ça pour moi."

"Tu tuerais quelqu'un pour moi ?"

"Si c'est ce que tu voulais."

"Est-ce qu'il y a d'autres options ?"

"Tu devras me le demander en face, Karma."

Je l'ai entendue expirer de la fumée dans le téléphone. "Peut-être que c'est ce que je vais faire."

La planque était une maison modeste, entourée d'arbres et située entre deux quartiers résidentiels. Bien que nous étions debout depuis plus de vingt-quatre heures, Matz et Ophie se sont activés dès que nous sommes entrés dans l'allée. Ils ont sauté de la voiture, ont pris leurs sacs et ont couru jusqu'à l'entrée. Ophie a essayé de faire trébucher Matz, puis il a ouvert la porte et Matz lui a donné un coup de coude pour le pousser et entrer en premier.

"De vrais gamins", marmonna Karma alors que le patron et moi sortions de la voiture. Elle a pris sa valise et est partie vers la maison, nous laissant décharger les sacs restants. Nos bagages ne comprenaient plus que nos effets personnels et nos armes individuelles, sauf les miennes. Mon M4 et mon Glock m'attendaient sur le site des mortiers.

Lorsque le patron et moi sommes entrés dans la maison,

Ophie et Matz avaient déjà choisi leur chambre. Matz se dirigeait déjà vers la salle de bain avec une serviette de toilette sur l'épaule.

Il arriva devant la porte, mais trouva celle-ci fermée à clé. On pouvait entendre la douche couler à l'intérieur.

"Non, non, non", s'exclama Matz. "Je voulais la prendre en premier ! Tu mets toujours trois plombes."

Karma répondit à travers la porte : "Il s'est déjà passé la même chose quand vous vous êtes disputé la meilleure chambre dans la dernière planque. Tu te souviens ?"

"Non, c'est pas vrai."

"Si."

"Elle a raison. Je m'en souviens maintenant", dit Ophie.

Matz secoua la tête et murmura : "Enfoiré". Puis, il cria : "Je vais défoncer cette putain de porte."

"Je suis à poil", répondit Karma.

"Alors *c'est moi qui vais défoncer cette* porte", cria Ophie. Il commença à s'approcher, mais Matz le jeta contre le mur. Ophie se jeta sur Matz en passant ses bras autour de ses côtes, et ils s'écrasèrent au sol, en luttant pour dominer l'autre. Je les ai enjambés et j'ai descendu le couloir jusqu'à la cuisine, où j'ai fouillé dans les placards, jusqu'à ce que j'en trouve un rempli de bouteilles à moitié vides. J'ai choisi celle de Jim Beam. Le patron se tenait derrière moi quand je me suis retourné.

"Si t'as besoin de ça pour t'endormir maintenant, t'es vraiment un cas désespéré", dit-il.

J'ai regardé la bouteille. "Je trouve les propriétés médicinales et réparatrices de l'alcool revigorantes après une longue nuit sans sommeil."

"Moi aussi", dit le patron en ouvrant le frigo pour voir ce qu'il y avait à l'intérieur. Il en sortit une bouteille de bière, examina l'étiquette et hocha la tête en signe d'approbation. "Ian réussit toujours à trouver mon IPA préférée, peu importe où on voyage. La prochaine fois, on lui demandera d'acheter une bouteille de ton bourbon."

"Je croyais qu'il n'y aurait pas de prochaine fois", dis-je en prenant un verre.

Un petit sourire apparut sur le visage du patron alors qu'il ouvrait sa bière avec un décapsuleur qu'il avait trouvé sur le comptoir. Il s'est assis à la table ronde, alors que je prenais des glaçons dans le congélateur pour les mettre dans mon verre de liquide ambré. Je me suis assis en face de lui.

Il tenait sa bouteille de bière devant moi pour que je fasse tinter mon verre dessus.

"Ça va te manquer, pas vrai ?"

Il haussa les épaules. "Il y a quelques années, ce genre de travail n'existait pas. Bientôt, il n'existera plus jamais. Tu arrives à la fin de la ruée vers l'or. La guerre entre ces organisations n'allait pas durer éternellement."

"De quel type d'organisations il s'agit ?"

Il prit une gorgée de bière et posa la bouteille.

"Moins tu en sais, mieux tu te porteras."

"Je crois que je commence à faire mes preuves."

"Tu as clairement fait tes preuves. C'est pour ça que je te dis que moins tu en sais, mieux c'est."

"Est-ce que le Régisseur est-il aussi mauvais que le dit Ian ?"

"Ian n'est pas un homme d'action, David. C'est le mec qui reste assis devant les ordinateurs et les radios et qui nous dit ce qu'on doit savoir, mais il n'a jamais tiré une balle dans quoi que ce soit dans sa vie, sauf dans une cible en papier. Il a peur de tout."

"Ce n'est pas de Ian que je voulais parler."

"Tu penses que le Régisseur ne saigne pas ? On pourrait l'atteindre aussi, si on prenait le temps. Mais si l'un de nous survivait à l'attaque, il ne resterait pas en vie très longtemps."

"Comment tu penses que la prochaine mission va se passer ?"

"Pas bien."

"Pourquoi tu dis ça ?"

"On n'a jamais rien fait de tel. Ils ne le verront pas venir."

"Alors pourquoi est-ce que tu penses que ça ne va pas bien se passer ?"

"Tu ne me croirais pas si je te le disais."

"Essaie quand même."

"J'ai fait un rêve juste avant que Caspian se fasse tuer. En fait, j'ai fait ce même rêve chaque fois que j'ai perdu quelqu'un, que ce soit pendant ou après ma période dans l'armée."

"Et tu as refait ce rêve ?"

"C'est différent cette fois."

"Comment ça ?"

Il secoua légèrement la tête. "L'un de nous va mourir lors de la prochaine mission, et cette fois, je crois que ce sera moi."

"Qu'est-ce qu'il y a dans ce rêve ?"

"Un bateau."

"Quoi d'autre ?"

Il secoua encore la tête. "Ça reste entre nous, d'accord ?"

"Pourquoi tu me le dis à moi et pas aux autres ?"

"Parce que tu ne vas pas devenir comme les autres, David. Tu vas devenir comme moi."

Une porte claqua dans la maison et nous fit sursauter. J'ai pris une autre gorgée de whisky en entendant la douche s'allumer.

Le patron poursuivit : "Le pire ennemi que ces gars auront jamais à affronter est un homme armé. Le nôtre est notre propre esprit, et on ne peut pas s'en débarrasser, à moins de le tuer pour de bon. À part ça, la seule différence entre toi et moi, c'est une vingtaine d'années d'expérience et ta tolérance à l'alcool."

"Je prends ça comme un compliment."

"Ce n'en est pas un. Tu es un petit enculé arrogant, mais c'est ce que j'étais, moi aussi. Tu apprends vite, et les gars t'en font chier tant qu'ils peuvent. Si ce business pouvait continuer, c'est toi qui finirais par donner les ordres un jour. Alors réfléchis bien à ce que tu vas faire après notre dernier boulot. Parce que c'est à ça " — il tenait sa bière devant lui et me regardait dans les yeux — "que ressemblera la vue."

La maison était silencieuse quand je suis sorti de la salle de bain, me sentant propre, mais désagréablement sobre. J'ai mis mon sac et ma serviette dans ma chambre, la seule qu'il restait après que les autres aient revendiqué la leur. Je suis retourné à la cuisine et je me suis servi un autre verre, puis je l'ai soulevé sous mon nez pour sentir ses vapeurs réconfortantes. Je me suis rapidement retrouvé enveloppé dans cette chaleur douce et familière dans laquelle je me sentais en sécurité, telle l'étreinte d'une femme qui calmait mon esprit et mon corps. Mes pensées se sont ralenties jusqu'à n'être plus qu'une vibration harmonieuse lorsque j'ai posé le verre, dans lequel il ne restait que les glaçons.

Je suis retourné dans ma chambre pour dormir un peu pendant que l'alcool se répandait dans mon organisme. J'ai fermé la porte, je me suis déshabillé et je me suis glissé sous la couverture. Ma tête s'est mise à tourner agréablement lorsque j'ai fermé les yeux. Lorsque mes pensées étaient imprégnées d'alcool, je ne ruminais plus le passé, je ne pensais plus aux erreurs que j'avais commises, je ne me frottais plus les tempes en regardant le sol. L'alcool était certainement un mal, mais c'était un moindre mal par rapport à l'alternative, et cela me permettait de me protéger contre la réalité de ma vie et de mon passé.

Mes acouphènes devenaient également un détail à peine perceptible lorsque j'avais bu suffisamment d'alcool. Même si cela ne me dérangeait pas pour le moment, mon audition était encore endommagée. Je n'ai pas entendu la porte de ma chambre s'ouvrir, mais je l'ai entendue se fermer.

J'ai ouvert les yeux et j'ai vu Karma se tenir devant moi, les cheveux attachés en une queue de cheval mouillée. Elle portait un short en coton et un T-shirt sans soutien-gorge, et elle s'est approchée de mon lit en silence. Puis elle a tiré ma couverture et m'a chevauché. Le matelas s'est mis à grincer quand elle a baissé son visage vers le mien.

"Ton frère est juste à côté", murmurai-je.

Elle a mis ses lèvres contre mon oreille. "La vie est courte, David." Elle s'est décalée et j'ai senti ses cuisses contre moi. "Je veux que tu ailles voir un médecin."

"Je n'en ai pas l'intention."

"J'ai l'impression que tu l'envisages."

Elle m'a embrassé dans le cou, puis elle s'est assise. Ses mains ont caressé son ventre avant de prendre le bas de son T-shirt et de le retirer lentement. Mes yeux ont parcouru son corps, s'arrêtant sur les tatouages que je n'avais pas encore vus. Elle a mis les deux mains derrière la tête, en faisant des mouvements circulaires avec ses hanches, tout en détachant ses cheveux et en les laissant tomber sur ses épaules.

J'ai posé mes mains sur ses cuisses et les ai fait glisser vers le haut jusqu'à ses hanches. Elle a pris mes poignets et les a maintenus au-dessus de ma tête, en s'abaissant sur moi pour me murmurer à nouveau à l'oreille : "Je veux que tu ailles voir un médecin."

"Je pense que c'est une excellente idée."

"Je vais y aller avec toi."

"OK."

"Promets-moi."

"Je te le promets."

Elle m'a à nouveau embrassé dans le cou en frottant son corps d'avant en arrière sur le mien. "Comment s'appelait ta fiancée ?"

"Je n'en ai aucune idée."

Elle m'a embrassé sur la poitrine. "Qui était ta dernière petite amie ?"

"Je ne me souviens pas."

Elle a fait glisser ses lèvres jusqu'à mon menton, en s'arrêtant juste avant ma bouche. Puis elle a pris ma mâchoire dans sa main et l'a serrée. Son visage planait au-dessus du mien et elle me regardait avec ses grands yeux bleus.

"Et moi, je suis qui, David ?"

"Karma."

Elle s'est penchée en avant, en laissant ses seins effleurer mon visage avant de ramener ses yeux vers les miens. "Dis-le encore."

"Karma".

Elle a souri et a porté ses lèvres à mon oreille. "Après ce soir, tu te souviendras de moi pour le reste de ta putain de vie."

Et elle avait raison.

17

"Suicide !" cria Matz. "Ramène ton putain de cul ici et assieds-toi."

Je me suis tourné et il a vu la bouteille de whisky dans mes mains. Son visage s'est assombri et il s'est adressé à moi très lentement, comme s'il parlait à un enfant.

"Repose ça tout de suite. Le patron a choisi des bonnes bouteilles de Cabernet, et il est hors de question que tu boives du whisky avec mes fettucine à la tomate, à la pancetta et au chèvre."

Karma, qui était assise en face de Matz, s'est tournée et m'a regardé fixement.

"Il a cuisiné toute la journée, David. Fais-lui un peu honneur."

J'ai remis la bouteille à sa place.

La seule chaise restante à la table était celle en face du patron, et lorsque je me suis assis, lui et moi nous sommes retrouvés dans les mêmes chaises que la première fois que nous avions parlé ensemble dans cette maison. Karma avait mis la table avec soin, avec trois bougies autour de la salade et des pâtes, une salière, un panier de pain et plusieurs bouteilles de vin, dont une qu'Ophie était en train de déboucher.

Il a donné la bouteille ouverte au patron, et nous l'avons regardé en silence verser une généreuse dose dans chaque verre. Il a regardé tous les visages autour de la table à tour de rôle avant de dire : "Avant de commencer notre dernier dîner d'équipe aux États-Unis, je voudrais inviter le révérend Ophie à dire la prière."

Ophie, qui examinait ses ongles, leva les yeux avant de s'éclaircir la gorge. "Merde, c'est... ah, ça fait un bail que j'ai pas fait ça. Je vais essayer de m'en souvenir... Prenez-vous par les mains."

Matz me tendit sa main ouverte en me regardant d'un air impatient. J'ai regardé autour de la table et remarqué que les autres se tenaient déjà par les mains.

J'ai poussé un soupir de résignation et j'ai pris la main de Matz avec ma main gauche et celle de Karma avec ma main droite.

Ophie a fermé les yeux et baissé la tête.

"Notre Père miséricordieux, nous sommes réunis ici ce soir pour vous remercier pour la nourriture et la camaraderie que vous nous avez si gracieusement accordées. Seigneur, nous savons que c'est un putain de plan à la con, avec David qui va planer jusqu'à sa mort en wingsuit et une équipe de trois hommes en embuscade avec moi comme seul guerrier... puisque Matz boite à cause de toutes les balles qu'il a prises et que le patron est si vieux qu'il est allé à l'école avec votre fils."

Karma cria : "Ça c'est une prière !"

"Mais dans ton infinie sagesse et tendresse, donne-nous la force de regarder le diable en face une dernière fois, de faire exploser notre ennemi avant de tirer des roquettes et de pourchasser les survivants qui essaient de s'enfuir des décombres en feu, et de nous enfuir et de rejoindre nos voitures pour nous enfuir avant que la sécurité ou les forces de l'ordre n'arrivent et qu'on doive aussi leur tirer dessus, parce qu'ils nous barrent la route pour nous empêcher de prendre notre retraite."

"Alléluia ! Hosanna !" cria Matz.

"Et enfin, éclaire-nous, pauvres bâtards, de ta sagesse et de ta grâce, vers notre destination finale. Protège-nous des fléaux vénériens des prostituées, de la brutalité des gueules de bois du mamajuana, et du patron qui va fumer tellement d'herbe qu'il va se détendre pour la première fois de sa très, très longue vie. Amen."

Tout le monde se lâcha les mains et applaudit poliment.

Ophie leva les yeux vers le ciel avant d'ajouter : "Voilà le résultat de huit années de bonne éducation baptiste. Je t'avais dit que ces frais de scolarité ne serviraient pas à rien, maman. Tu me manques tous les jours."

Je n'ai jamais vu le patron toucher à son verre de vin, mais personne d'autre ne semblait l'avoir remarqué.

Après le repas, alors que les assiettes avaient été débarrassées, Ophie ouvrait la troisième bouteille tout en déconnant avec Matz, qui était assis en face de lui.

"Et qu'est-ce que tu vas faire de cette voiture quand tu l'auras ? Il n'y a que des routes de terre là-bas, de toute façon."

"C'est des conneries", répondit Matz. "Il y a plein de Ferrari là-bas. Je vais juste importer la première F40."

À côté de moi, Karma leva les yeux au ciel. "Cette voiture ne va pas résoudre tes problèmes."

"Si", répondirent Matz et Ophie à l'unisson.

Le patron se pencha en avant et fit claquer la paume de sa main sur la table pour faire taire tout le monde. En regardant le mur derrière moi, il dit : "Je suis fatigué, les gars. Je dois me préparer pour ce qui nous attend."

"Tu ne dors jamais", répondit Matz.

"Cette fois, je vais dormir."

"Va au lit, alors", dit Matz.

Le patron se leva lentement de sa chaise. "Bonne nuit, messieurs. Bonne nuit Karma."

Alors que le patron sortait de la salle à manger, Ophie s'est tourné vers Matz. "Tu ne pourras même pas en faire entrer une dans le pays."

Matz secoua la tête. "Tu sous-estimes gravement cet endroit, mec. Je n'aurai même pas à payer de taxe d'importation. Il suffit de graisser la patte d'un politicien pour être exonéré. Les blanchisseurs d'argent peuvent obtenir tout ce qu'ils veulent."

Alors que je regardais la porte par laquelle le patron venait de sortir, je sentis la main de Karma me toucher le genou sous la table et remonter vers ma cuisse. Je l'ai regardée, mais son visage était tourné vers les autres.

"Excuse-moi", dis-je en me levant pour partir.

Matz dit : "Tu ne vas pas déjà te coucher, quand même ? On a encore des trucs à se dire, toi et moi."

"Non, je reviens tout de suite."

Je suis parti dans le couloir en direction de la salle de bain avant de m'arrêter et de regarder par-dessus mon épaule. J'entendais la voix de Karma par-dessus le tintement de la bouteille contre les verres, suivi du rire gras d'Ophie.

J'ai continué dans le couloir jusqu'à la chambre du patron.

Sa porte était fermée. J'ai frappé, mais je n'ai pas eu de réponse. J'ai tourné la poignée et ouvert la porte. Le patron était assis sur le coin de son lit dans la pièce éclairée, penché en avant avec ses coudes sur ses genoux. Il regardait une photo dans ses mains. J'ai aperçu des jumelles souriantes avant qu'il ne me regarde avec des larmes dans les yeux et un visage fatigué qui portait la douleur de toute une vie.

"David", dit-il doucement, "je savais que tu viendrais."

"Je voulais juste voir comment tu allais."

"Tu voulais entendre les derniers mots de ton chef d'équipe ?"

"Quelque chose comme ça."

Il a souri et a de nouveau regardé la photo. "Alors les voilà : tout ce qu'on fait — toutes les armes, l'argent, la planification — tout ça n'est qu'une distraction pour ne pas penser à nos propres réalités. Si tu vis bien ta vie, tu n'auras pas besoin de tout ça."

"Et ce que tu m'as dit la première nuit dans la cave, à propos de flirter..."

"Flirter avec la mort ? On avait besoin que tu tues Saamir pour nous, et on avait besoin que tu le fasses rapidement. Si tu n'étais pas aussi paumé que moi, je t'aurais juste offert de l'argent et on en serait resté là. Et je te dis la vérité maintenant, parce que je n'aurai pas d'autre occasion de le faire après que tu aies sauté de cet avion demain."

"Un rêve ne peut pas prédire l'avenir, patron."

"Ian va vous faire descendre dans le sud. Je ne m'inquiète pas pour ça. Mais une fois là-bas, occupe-toi de Matz et Ophie. Ils ont traversé des périodes difficiles avant que tu nous rejoignes, alors essaie de leur apporter ce dont ils ont besoin. Fais confiance à Karma pour ça. Elle connaît ces deux-là mieux qu'ils ne se connaissent eux-mêmes."

"Je veillerai sur eux trois, patron. Tu as ma parole. Je ne veux pas que tu t'inquiètes pour ça maintenant."

"Après ça, mon dernier souhait pour toi est que tu prennes ta part et que tu recommences à zéro. Marie-toi, fonde une famille et garde tout ce que tu as fait avec nous pour toi, et fais en sorte que ta femme n'en sache rien, ainsi que tout ce que tu as fait en Afghanistan et en Irak. Les anciens combattants font ça depuis toujours, et maintenant c'est à ton tour."

"Tu es vraiment sûr que tu vas mourir là-bas ?"

"David, je n'ai jamais été aussi sûr de quelque chose de toute ma vie. Ça sera ma dernière mission et j'y vais en toute connaissance de cause. Maintenant, laisse-moi me reposer."

"Bonne nuit, patron. Et merci pour tout."

"Bonne nuit, David."

Je suis sorti de la pièce et j'ai fermé la porte doucement avant de rejoindre les autres.

Quand je suis revenu à ma place à table, j'ai vu Matz regarder Karma.

"Bon, c'est l'heure d'aller te coucher. Les adultes ont besoin de parler", dit Matz.

"Parce que je ne suis pas encore assez digne de confiance ?" demanda Karma.

"Il y a des choses que tu n'as pas besoin de savoir."

J'ai à nouveau senti sa main remonter le long de ma cuisse, sans qu'elle ne quitte jamais Matz des yeux. "Tu réalises que je suis la seule dans cette maison à vraiment t'aimer, n'est-ce pas ?"

"Ce n'est pas un concours de popularité."

"Heureusement pour toi." Elle a commencé à bouger sa main d'avant en arrière sur ma cuisse. "Tu devrais y réfléchir à deux fois avant de m'énerver, Matz."

"Laisse-nous."

"OK. Bonne nuit tout le monde." Elle frotta mon pantalon une dernière fois avant de boire la dernière gorgée de son vin. Elle se leva, poussa sa chaise et partit.

Ophie s'est penché en arrière, en croisant ses bras sur son

ventre. "Beau travail, Matz. T'as contrarié la chauffeuse de David."

Sans se laisser décourager, Matz s'est penché en avant et m'a regardé dans les yeux. "Tu sais à quel point on a besoin de ces mortiers, pas vrai ?"

"Bien sûr", dis-je en réajustant ma position sur ma chaise. "C'est eux qui vont déclencher toute l'opération."

"Je ne parle pas de ça. Je parle d'un point de vue global. Toutes ces années de travail qui ont précédé cette retraite. On était six quand on a commencé..."

"Matz, vas-y doucement avec ce pauvre petit. Il a assez de choses à préparer pour demain."

"C'est lui le maillon faible. Il faut qu'il en prenne conscience."

"Merde, Matz" dit Ophie en se levant. "Comme tu veux, mais je ne reste pas là."

Il est parti, et Matz et moi sommes restés seuls.

Matz poursuivit : "On était six au départ, et Ophie n'en faisait pas partie. Le patron et moi sommes les seuls à être là depuis le début. Les quatre autres sont morts en cours de route. Caspian a été le dernier à se faire tuer. Il y a eu des nouvelles recrues qui ne sont pas arrivées jusque-là non plus. Je crois que tu ne comprends pas vraiment à quel point tout ça est important, car on ne t'a pas tout dit."

"Et pourquoi ça, Matz ? Je pense avoir mérité ma place jusqu'à présent."

"Ne te jette pas trop de fleurs, petite merde. Tu ne sais rien de ce que cette équipe a fait depuis le début, et on ne t'a rien dit parce que tu es celui qui est le plus facilement remplaçable. Qui, d'après toi, a le plus de chances d'être capturé vivant ? Nous trois sur le site de l'embuscade, ou toi, tout seul sur ta colline ?"

"Je ne me ferai pas capturer vivant."

"T'as intérêt. Je m'en fous que tu t'en sortes vivant ou non, mais tu dois faire ton boulot là-haut. On a effectué des dizaines de missions contre cette organisation, et maintenant que tous les dirigeants vont être réunis à un seul endroit, c'est notre chance de les anéantir et de prendre notre retraite. Mais rien de tout ça n'est possible si tu ne tires pas ces mortiers à temps. Et le patron, Ophie et moi n'avons pas fait tout ça ces dernières années pour que tu foutes tout en l'air. Fais-le, même si tu dois y rester. Tu piges ? Les survivants de cette équipe méritent de prendre leur retraite en paix."

"Matz, je crois que j'ai une solution pour toutes tes préoccupations."

"Et qu'est-ce que c'est ?"

"Puisque tu es si inquiet pour les mortiers, pourquoi tu ne t'en occuperais pas ? Je prendrais volontiers ta place pour l'embuscade. Saute de l'avion demain soir et essaie de comprendre comment fonctionne la wingsuit et le parachute pendant la chute. Puis pose-toi sans mourir sur le terrain d'atterrissage qui fait la taille d'un timbre-poste. Tu me raconteras comment ça s'est passé."

Matz me lançait un regard noir pendant que je continuais, "En attendant, ne me dis pas comment faire mon putain de boulot. Je suis prêt à mourir pour cette équipe autant que toi, le patron, ou Ophie. Je n'ai pas besoin que tu me rappelles que je suis le nouveau, parce que ça ne semble poser problème qu'à toi."

"Ne fais pas tout foirer, Suicide."

"Ne t'inquiète pas pour ça, Matz."

Il recula sa chaise, puis se leva et se dirigea vers le couloir.

"Le dîner était excellent, au fait", lui dis-je alors qu'il s'éloignait.

Il répondit sans s'arrêter : "Je sais que ma pancetta est une tuerie. Pas besoin de me le dire."

Il disparut au bout du couloir, et je me suis versé un autre verre de vin de la dernière bouteille restante.

Ophie est revenu dans la salle à manger avant que je finisse mon verre.

Il jeta un coup d'œil dans la cuisine avant de demander : "L'autre connard est enfin allé se coucher ?"

"Ouais."

"Dieu merci." Ophie s'est servi un verre et l'a levé en l'air pour trinquer. J'ai fait tinter mon verre contre le sien et nous avons pris une gorgée.

J'ai posé mon verre et j'ai dit : "Pourquoi est-ce que tu t'es énervé sur Matz quand il m'a fait son petit discours d'encouragement ?"

Ophie secoua la tête, observant mon expression d'un air amusé. "Tu es un grand garçon, tu peux tenir tête à Matz. J'avais juste besoin d'une excuse pour partir."

"Pour quoi faire ?"

Il jeta un coup d'œil derrière lui et tendit l'oreille un moment avant de mettre la main dans sa poche. Il en sortit une fine tige argentée qu'il glissa sur la table vers moi.

J'ai tendu la main pour la prendre et je l'ai regardée dans la lumière.

"C'est le percuteur d'un Glock ?" demandai-je en le lui rendant.

"Bien vu, David", dit-il en souriant.

"C'est à qui ?"

"À ton avis ?"

Je regardais Ophie en fronçant les sourcils. "Matz ne va pas faire de connerie. Il parle déjà d'acheter une voiture."

"Sa jambe est blessée, David, et il ne va pas accepter de nous ralentir s'il ne peut pas suivre le rythme après l'embuscade."

"Je ne pense pas que Matz ferait ça."

"Tu sais, pour quelqu'un qui te fait autant chier parce que t'as voulu te suicider, je pense que ça lui a traversé l'esprit plusieurs fois. Je l'ai déjà trouvé plusieurs fois assis sur le porche à l'arrière, face au champ de tir où on te mettait dans cette caisse. Il restait assis là, face à la forêt, un pistolet à la main."

"Il a été au front. Qui sait ce qui lui passe par la tête."

"J'ai déjà eu des flashbacks, mais c'était pas ça. Il y a des choses pires que la guerre, David. Et pour un homme qui a vu ce genre d'horreur, même la guerre peut devenir un répit."

J'ai pris une autre gorgée, en tournant ma main pour regarder le verre. "Tu crois que quelqu'un va mourir sur ce coup-là ?"

"De notre côté ?" Il haussa les épaules. "Je peux te dire une chose : si quelqu'un mord la poussière là-bas, ce ne sera pas moi."

"Je ne pense pas que Dieu va te protéger après ta prière du dîner."

Il sourit. "Il y a quelques temps de ça, je suis passé à côté de la mort plusieurs fois pendant une mission. Plus tard, alors qu'on allait retrouver Joe à l'aéroport, on a vu une fourgonnette qui s'était retournée sur la route et qui était entourée de voitures de police. La famille était déjà dans des sacs mortuaires. C'est arrivé sur un tronçon de route en ligne droite. Il y avait une autre voiture accidentée sur le côté. Qui sait ce qui s'est passé. Mais pourquoi est-ce que j'ai survécu alors qu'ils sont morts ? Parce que je le méritais et pas eux ?"

"Qu'est-ce que t'en penses ?"

"Je pense que Dieu n'en a rien à foutre de nous. Tout est aléatoire et rien n'a de sens, mon gars, et je pense que tu le sais maintenant."

J'ai poussé un soupir de fatigue. "Peut-être que tu as raison."

"C'est sûr. Tu sais, j'ai commencé ma carrière en étant persuadé que j'allais me faire tuer. Après plusieurs missions, j'ai commencé à penser que je m'en sortirais peut-être. Et maintenant, je sais que je vais mourir de causes naturelles."

"C'est pas une mauvaise façon de partir".

"Je sais pas trop. Ça enlève un peu de piment dans la vie. L'excitation du combat vient du fait de ne pas savoir si on va se faire tuer ou non, tu crois pas ?"

J'étudiais son expression, en essayant de savoir s'il était sérieux ou non. "Alors pourquoi est-ce que t'as utilisé un 22 pour tuer Peter ?" demanda-t-il. "Tu avais un flingue capable de sécher un ours pour te suicider, mais tu l'as buté avec un flingue de fête foraine. Je ne t'ai jamais demandé pourquoi."

J'ai souri d'un air penaud, les yeux baissés vers la table. "Pour être honnête, Ophie, je... je voulais qu'il survive assez longtemps pour pouvoir parler un peu. Je voulais voir ce qu'il avait à me dire après m'avoir rencontré."

Ophie sourit, en faisant tournoyer le contenu de son verre d'un air absent. Puis il s'est arrêté brusquement, a avalé le reste et a dit : "Bon, mieux vaut dormir un peu avant le grand jour. C'est toi la star demain, David."

Il s'est levé sans attendre ma réponse. Je suis resté assis seul, à écouter ses pas s'éloigner dans le couloir. Après avoir fini mon verre, je suis allé devant ma chambre, j'ai ouvert la porte et je l'ai refermée sans entrer, en la faisant volontairement claquer.

Puis je suis allé dans la chambre de Karma et je me suis glissé à l'intérieur, en refermant doucement la porte derrière moi.

TERRE PROMISE

Post tenebras lux

-Après les ténèbres, la lumière

18

J'ai fait coulisser la porte de l'avion vers le haut et le vent froid s'est engouffré à l'intérieur, grondant plus fort que le bruit du moteur. J'ai posé ma main gauche, où était fixé un altimètre luminescent, sur le bord inférieur de la porte et mon autre main dans le coin supérieur, puis j'ai posé mes genoux sur le plancher de l'avion et j'ai passé ma tête à l'extérieur.

Le souffle d'air plaquait mes lunettes de protection transparentes contre mon visage et fouettait mes cheveux alors que je regardais le paysage défiler quatre mille mètres plus bas. Le sol était baigné par la lueur orange du crépuscule qui approchait, et le contour irrégulier du lac devant nous ressemblait à un serpent enroulé sur lui-même ; les derniers rayons du soleil émanaient de sa queue, qui pointait presque directement vers ma zone d'atterrissage située à près de trois kilomètres de là.

J'ai rentré ma tête et vu Matz feindre l'indifférence sur le siège en face de moi. Karma me regardait avec inquiétude, et Ophie, à côté d'elle, penchait la tête pour m'entendre.

"Cinq à gauche !" criai-je à Ophie.

Ophie répéta au pilote dans le cockpit : "Cinq degrés à gauche !"

J'ai repassé ma tête dehors et constaté que notre trajectoire s'ajustait légèrement vers le repère sur le rivage que j'avais choisi comme point de sortie.

J'avais passé la plus grande partie du vol à regarder par la fenêtre droite, en suivant les routes, les lacs et les collines menant à une minuscule zone d'atterrissage que je ne verrais que quelques secondes avant de déployer mon parachute. Alors que nous approchions du lac, ma seule préoccupation était de m'assurer que notre trajectoire de vol restait parfaitement parallèle avec la rive gauche. À part notre altitude, mon point de sortie était le seul facteur que je pouvais contrôler à l'avance. Une fois que j'aurais sauté, tout dépendrait de mes réflexes et de ma capacité à maintenir la position de mon corps pour faire voler la wingsuit.

J'ai ramené ma tête dans l'avion, je me suis accroupi et me suis dirigé vers le cockpit, en tapant dans la main de Karma et d'Ophie au passage. Le patron me regardait depuis sa position dans le siège du copilote.

"On compte tous sur toi, David, et je sais que tu vas faire du bon boulot. Tire ces mortiers à temps, quoi qu'il arrive."

J'ai posé une main sur son épaule. "Je ne te décevrai pas. C'est pas mon style. Joe, ce cap est parfait."

Joe tourna la tête. "Je le maintiens comme ça. Il reste environ trente secondes jusqu'au lac."

"Ça fait plaisir de voler à nouveau avec vous, les gars." J'ai serré l'épaule du patron. "On se voit demain au point de liaison."

Il a hoché la tête, mais n'a rien dit.

Je me suis retourné vers la cabine et je me suis dirigé vers la porte en criant "Matz ! Le patron a besoin de toi à l'avant. Maintenant."

Matz s'est levé à la hâte et s'est approché du cockpit en passant à côté de moi la tête baissée. Je suis passé devant Ophie et me suis arrêté devant Karma, qui m'observait attentivement.

J'ai levé les mains autant que les ailes de ma combinaison le permettaient et j'ai tiré son visage vers le mien. Je l'ai embrassé sur les lèvres pendant une seconde, puis deux, avant de me retirer pour la regarder.

"Fais attention, David. Promets-le-moi", dit-elle.

"Ça va aller, je suis immortel."

À ce moment, j'ai entendu Matz crier depuis le cockpit, bien au-dessus du grondement du vent et du moteur, "J'HALLUCINE !"

J'ai embrassé Karma une dernière fois, je me suis retourné et je me suis jeté par la porte ouverte dans l'abîme bleu.

Le bourdonnement du moteur de l'avion s'est vite estompé alors que le ciel hurlant remplissait mes oreilles comme des vagues déferlant sur moi. Je tombais en gardant mes bras contre mon corps et mes jambes serrées l'une contre l'autre. Dès que j'eus passé la queue de l'avion, j'ai écarté mes membres et j'ai senti les caissons de tissu au niveau des bras et des jambes se gonfler pour former une surface de vol. Je me suis stabilisé et j'ai plongé mon épaule pour m'incliner dans un virage à droite. En suivant le lac des yeux alors que le vent me fouettait le visage, ma vitesse horizontale augmentait alors que le hurlement du ciel se transformait en un sifflement.

Une fois orienté dans la bonne direction, je me suis concentré sur la position de mon corps en l'ajustant pour un vol optimal. Mes jambes étaient tendues et verrouillées et mes orteils pointés vers l'arrière. J'ai roulé mes épaules vers l'avant pour ajuster la position de mes bras. Légèrement plié au niveau de la taille, le menton contre la poitrine, j'ai passé en revue ma liste de vérification mentale, et j'ai atteint le point où le vent se calme et où l'on se sent fendre l'air avec une efficacité optimale. Puis, le ciel est devenu si calme que j'aurais pu parler à quelqu'un volant à côté de moi.

J'ai glissé mon menton sur le côté pour jeter un coup d'œil à mon altimètre, puis j'ai levé les yeux vers la zone d'atterrissage. J'étais à 2800 mètres et j'avançais à un bon rythme. Je cochais mentalement la liste des points de repère qui défilaient sous moi en ajustant mon cap. Il y avait une colline particulière que je voulais franchir à 1500 mètres. Je suis passé au-dessus à 1600 mètres.

Alors que je passais au-dessus d'un petit lac à 800 mètres de hauteur, une alarme s'est déclenchée dans ma tête : je passais en dessous de la hauteur d'ouverture critique en parachutisme classique. J'ai continué jusqu'à atteindre les 450 mètres, en passant un chemin de terre juste avant mon aire d'atterrissage. Je me suis forcé à tenir ma position, sachant que le minuscule champ allait s'approcher en quelques secondes. Puis j'ai mis mes mains sur le côté, j'ai serré mes genoux et mes chevilles, j'ai cambré mon bassin et je suis passé du vol à la chute comme un faucon plongeant dans le ciel.

J'avais mon extracteur dans la main droite, alors que je maintenais cette position précaire, en essayant de rester symétrique et d'éviter de rouler d'un côté ou de l'autre. Lorsque j'ai estimé être à 150 mètres du point d'impact, j'ai lancé mon extracteur avant de ramener mes mains vers ma poitrine.

Je n'ai pas eu à attendre longtemps dans cette position.

Alors que je voyais la cime des arbres se rapprocher de moi verticalement, je me suis retrouvé avec les jambes devant le visage dans un grand fracas. L'ouverture a été si soudaine et violente que pendant un instant, j'ai eu peur de passer entre mes élévateurs et de voir mon parachute en lambeaux. J'ai levé les yeux vers le ciel ; la voile était entièrement gonflée et volait correctement alors que le vent soufflait doucement sur mon visage. J'ai ouvert les manches de ma wingsuit pour libérer mes bras afin de pouvoir piloter et j'ai croisé mes chevilles pour affaisser l'aile entre mes jambes alors que la cime des arbres approchait à hauteur de poitrine.

J'ai manœuvré ma voile à gauche, pour passer entre les cimes de deux pins. L'oreille de mon parachute a frotté contre des petites branches alors que je continuais de descendre vers les hautes herbes. La lueur rose du soleil couchant se répandait entre les ombres pointues sous moi. J'ai descendu mes mains progressivement pour faire mon arrondi. Ma voile s'est mise à plat, puis s'est inclinée vers le haut avant de décrocher lorsque mes pieds étaient à cinquante centimètres du sol. Puis j'ai touché le sol si doucement que j'aurais pu atterrir sur un pied.

Je me suis retourné pour affaler mon parachute sur le sol, puis j'ai rapidement enroulé les suspentes et les ai jetées dans sur la voile. J'ai ensuite tout mis en boule et ramassé la voile avant de disparaître dans les bois. Une fois dans la forêt, j'ai déposé la voile sur des rochers couverts de mousse à mes pieds. L'odeur de terre de la forêt me semblait très forte par rapport au vent inodore durant mon vol. Je me suis assis pour enlever la wingsuit et mon harnais de BASE. J'ai tout fourré dans mon sac de rangement, que j'ai fermé et mis sur mon dos, puis j'ai commencé à me diriger vers le site des mortiers dans le peu de lumière du jour qui me restait.

La nuit noire était régulièrement interrompue par des éclairs qui illuminaient la scène pendant quelques fractions de seconde. Les vagues de l'océan se fracassaient violemment contre le navire dont les mâts étaient brisés et les voiles en lambeaux. Il s'est retrouvé sur la crête puis a plongé dans le creux et tout est devenu noir. À l'éclair suivant, le navire s'est à nouveau incliné vers le haut et s'est retrouvé au sommet d'une autre vague. Les gens s'accrochaient au pont pendant que la mer secouait le navire, qui approchait maintenant d'un angle presque vertical et commençait à gîter, avant que la foudre ne disparaisse et ne plonge la scène dans les ténèbres.

Je me suis réveillé au son des oiseaux qui chantaient et j'ai cligné des yeux alors que la lumière du soleil filtrait à travers la cime des arbres.

Après avoir ouvert mon sac de couchage, j'ai enfilé mes bottes et je me suis levé pour commencer ma journée de travail. J'ai enfilé mon gilet pare-balles, et mon Glock dans son étui, j'ai mis mon M4 avec silencieux en bandoulière et j'ai effectué une courte patrouille au sommet de la colline, en regardant dans la pente pour m'assurer que j'étais bien seul.

Ce matin-là, mon environnement était bien plus beau que les jours précédents, lorsque nous avions garé les deux pickups sur un chemin de terre isolé qui se trouvait maintenant bien en dessous de moi. J'étais entouré de forêt. Sur ma gauche, la face boisée descendait de manière très raide sur plusieurs centaines de mètres jusqu'à une petite rivière. La colline sur ma droite s'élevait brusquement et était beaucoup plus menaçante.

Je n'avais pas pu apprécier la vue d'en haut la première fois que j'étais venu ni au cours des voyages suivants pour acheminer les mortiers et les obus le même jour, quand Ophie avait fait les réglages nécessaires. Mais le paysage était magnifique quand je n'étais pas fatigué, et je repensais à mon vol en wingsuit au-dessus du terrain baigné par la lumière du coucher de soleil et des masses d'eau cristallines au milieu des collines.

La beauté de la vue ce matin-là était libératrice. Elle me rappelait la liberté que j'avais connue dans les Smoky Mountains quand j'étais adolescent. Il y avait une certaine tranquillité dans la majesté de la nature que je ne pouvais trouver nulle part ailleurs, et qui me captivait, indépendamment de mon passé ou de mon avenir. Avant de passer à deux doigts de la mort au combat et en BASE jump, avant de me soigner par l'alcool et avant que les souvenirs de randonnée avec mon meilleur ami ne soient entachés par sa liaison avec ma fiancée, ces montagnes m'avaient procuré le plus grand sentiment de liberté que j'avais jamais connu.

Après ma patrouille, j'ai commencé à déballer les trois mortiers, en retirant d'abord les filets de camouflage qui les dissimulaient, puis les bâches qui les imperméabilisaient. Ils étaient espacés de quelques mètres, disposés par ordre décroissant de hauteur. Le mortier de 120 mm était énorme, son canon aussi haut qu'un homme. Avec sa plaque de base et son bipied, le tout pesait près de cent cinquante kilos. Le 81 mm était légèrement plus petit, et le 60 mm, avec un canon mesurant moins d'un mètre vingt, ressemblait à une version miniature des deux autres.

L'effet des tirs successifs des trois mortiers terrifierait ceux qui se trouveraient à l'intérieur du bâtiment. Les explosions successives qui retentiraient au loin dans les collines seraient reconnues instantanément par les anciens combattants parmi les forces de sécurité. Une brève période d'incrédulité et d'horreur conduirait aux premiers cris de panique disant à tout le monde de se mettre à l'abri, ce que tout le monde ferait probablement au cours des trente-huit secondes avant l'impact du premier tir de mortier. Lorsque le premier obus atteindrait son point d'impact et projetterait des éclats dans un rayon de soixante-quinze mètres, une demi-douzaine d'autres seraient déjà en vol derrière lui.

Une fois les mortiers découverts, j'ai fait de même avec les caisses de munitions placées au bord de la clairière et j'ai commencé à sortir des obus. Les obus de 120 mm étaient des monstres et nécessitaient d'être soulevés à deux mains, mais les obus de 60 mm ressemblaient à des jouets en comparaison. Je les ai disposés en rangées bien ordonnées en face de leur mortier respectif. Les obus ressemblaient à des ballons de football américain en métal avec une queue et des ailettes au bout.

J'ai fait un tas avec ma wingsuit, mon parachute et mon sac

de couchage derrière le mortier central. J'ai récupéré le sac de randonnée jaune plein à craquer que nous avions caché et je l'ai posé sur le tas. J'ai ouvert le rabat et découvert l'énorme charge explosive que Matz avait préparée et j'ai involontairement sifflé de surprise. J'ai déroulé un câble se terminant par deux détonateurs à mèche, pour pouvoir y accéder plus facilement. Matz avait admis avoir un peu exagéré sur la quantité. Lorsque je lui avais demandé si je survivrais à l'explosion, il avait haussé les épaules et dit : "Tu auras une minute, plus ou moins trois secondes. Ça dépend de la vitesse à laquelle tu cours."

Après avoir fait un autre tour de la colline pour m'assurer que personne n'approchait, j'ai appelé Ian sur la radio.

"Rouge, ici Blanc. J'envoie le pile ou face et demande confirmation pour le coup d'envoi."

"Blanc, Rouge. Bien reçu pile ou face. Pas de changement de l'heure du coup d'envoi."

"Reçu." J'ai regardé ma montre, que le patron avait synchronisée avant de partir, et j'ai vu qu'il me restait dix-huit minutes. Aucun changement au plan signifiait que le patron, Matz et Ophie devaient avoir terminé leur mouvement au sol et étaient déjà postés sur le site de l'embuscade.

J'ai effectué une dernière patrouille avec mon fusil à la main, scrutant la pente boisée dans toutes les directions. La lumière du soleil levant traversait le feuillage et je sentais sa chaleur sur ma peau alors que les oiseaux continuaient à chanter. Cinq minutes avant la fin de mon compte à rebours, j'ai à nouveau appelé Ian.

"Rouge, ici Blanc. Demande de confirmation du coup d'envoi."

"Blanc, Rouge. Pas de changement."

"Reçu."

Ma montre semblait avancer terriblement lentement. Une minute avant la fin, j'ai resserré la bandoulière de mon M4 pour qu'il ne me gêne pas lorsque je tirerais les obus et j'ai mis un casque antibruit sur mes oreilles. Bien que mes oreillettes servaient aussi de protection auditive, les mortiers étaient suffisamment bruyants pour justifier une protection supplémentaire afin de préserver le peu d'ouïe qu'il me restait.

Juste avant que je mette le casque sur mes oreilles, j'ai entendu une branche craquer dans la pente de la colline devant moi.

Je me suis figé.

J'ai posé mon casque lentement sur le sol, j'ai desserré la sangle de mon M4 et me suis dirigé vers un arbre au bout de la clairière en tenant le fusil devant moi. Je me suis mis à l'abri derrière le tronc et j'ai passé mon fusil sur le côté pour balayer la pente qui descendait devant moi. Au début, je n'ai rien vu, si ce n'est la végétation dense que j'avais déjà observée au cours de mes courtes patrouilles. Puis, j'ai entendu une autre branche se briser sur ma gauche. J'ai pointé mon M4 dans la direction du son, en espérant ne voir qu'un cerf ou un autre animal.

Mais c'est bien un homme que j'ai vu gravir la pente en diagonale à une centaine de mètres en dessous de moi. Il portait une tenue de camouflage, et à une distance légèrement supérieure, il aurait pu passer pour un chasseur. Mais il portait un fusil d'assaut noir que je n'ai pas réussi à identifier et portait un gilet comme le mien qui contenait sûrement des munitions et une radio. Il tournait la tête sur le côté par intermittence, et j'ai ensuite compris qu'il discutait avec un autre homme qui était juste derrière lui.

Ils semblaient faire une patrouille de sécurité de routine sur le flanc de la colline. Je voyais bien qu'ils ne s'attendaient pas à trouver quelqu'un au sommet. Ils n'essayaient pas de se déplacer de manière stratégique, même si cela changerait sûrement une fois que j'aurais tiré le premier coup de mortier. J'ai entendu un autre bruit et j'ai aperçu un troisième homme à travers les arbres, marchant devant les deux autres. Le terrain était à mon avantage. Ils devraient gravir une pente raide pour me débusquer.

Mais c'était là mon seul avantage.

Je ne savais pas combien ils étaient ni combien seraient les renforts. Et si je tirais avec les mortiers, je serais complètement vulnérable à leur assaut. Je les regardais passer entre les arbres. Ils étaient désormais à environ quatre-vingts mètres de moi. J'avais du mal à dire qui était le chef. J'ai donc décidé de viser l'homme de tête pour dissuader les autres d'avancer. Il a disparu derrière les arbres et j'ai déplacé mon viseur à hauteur de poitrine sur la même trajectoire, en attendant qu'il réapparaisse. Il est réapparu quelques mètres plus loin et avançait dans la direction de l'endroit que je visais avec mon M4.

À ce moment, l'alarme de ma montre s'est mise à sonner. Il a levé la tête et a regardé droit dans ma direction.

J'ai tiré cinq balles en rafale. Il s'est effondré. J'ai ensuite tourné mon fusil vers la gauche, et tiré dix autres balles là où je soupçonnais les deux autres hommes de se trouver. Je les ai entendus se crier quelque chose. J'ai entendu des coups de fusil retentir sur ma droite, et lorsque je me suis retourné, j'ai vu un second groupe d'hommes à une cinquantaine de mètres de la patrouille de sécurité sur laquelle je venais de tirer. J'ai riposté jusqu'à ce que mon chargeur soit vide. Le premier groupe me tirait maintenant également dessus.

Je me suis retourné et j'ai couru vers les mortiers, en serrant la sangle de mon M4 pour qu'il soit bien plaqué contre moi. J'ai pris le premier obus de 120 mm et j'ai fait glisser la queue dans le tube jusqu'à ce que mes mains touchent le bord.

J'ai lâché l'obus et fait glisser mes mains le long de l'extérieur du canon, sentant la secousse violente de l'explosion avant que l'obus s'élève vers le ciel. J'ai pris l'obus suivant et j'ai répété le processus aussi vite que possible jusqu'à avoir tiré les sept obus de 120 mm, en espérant que cela suffise à faire fuir nos cibles vers l'embuscade. Je savais que les hommes sur la colline hésiteraient en entendant le premier tir, mais qu'ils comprendraient en quelques secondes.

Lorsque le dernier obus de 120 mm est parti, j'ai couru vers les arbres tout en rechargeant mon fusil. Je me suis caché derrière un tronc et j'ai visé la source des tirs sur mon côté droit. Alors que je commençais à tirer, des coups de feu ont éclaté sur mon côté gauche. Ils n'étaient plus qu'à une cinquantaine de mètres et réduisaient la distance tandis que l'autre équipe les couvrait.

Les balles sifflaient au-dessus de ma tête et terminaient leur course sur l'arbre devant moi. J'ai vidé le reste de mon chargeur et je suis retourné vers les mortiers. J'ai entendu le bruit lointain des premiers obus qui frappaient leur cible, et je me suis arrêté devant le mortier de 81 mm. J'ai pu tirer ces obus plus légers plus rapidement que les premiers. J'en ai tiré cinq avant de retourner dans les bois. Après avoir rechargé mon fusil, j'ai levé les yeux et vu une épaisse fumée violette s'élever à vingt-cinq mètres devant moi.

Ils avaient tiré des grenades fumigènes pour dissimuler leurs manœuvres, et se rapprochaient maintenant trop vite pour que je puisse les arrêter. Les tirs se poursuivaient de l'autre côté et les balles touchaient les arbres autour de moi à un rythme régulier.

Si je courais pour me cacher derrière un autre arbre, je serais abattu.

J'ai lancé une grenade à gauche et une à droite. Les arbres en dessous de moi étaient trop denses pour que je puisse viser avec précision, mais je voulais les dissuader de monter davantage. J'ai couru vers les mortiers, je suis passé devant le 81 mm et me suis arrêté devant le sac de randonnée. J'ai pris les deux détonateurs de la main gauche et je les ai activés de la main droite en faisant tourner chaque anneau d'un quart de tour avant de le tirer vers moi.

J'ai tiré les autres obus de 81 mm aussi vite que j'ai pu. Mes bras commençaient à fatiguer après avoir soulevé le dixième. Les tirs se poursuivaient, et j'ai vu d'autres fumigènes dans les bois. J'ai lancé deux autres grenades dans des directions différentes et je suis passé au dernier mortier avant qu'elles n'explosent. J'ai entendu les impacts des obus de 81 mm qui résonnaient à travers les collines au milieu des rafales de fusil de l'équipe de sécurité. J'ai pris le premier obus de 60 mm alors que mes grenades explosaient.

Je me suis agenouillé à côté du canon, et j'y ai glissé les obus les uns après les autres.

Une explosion a éclaté dans la clairière devant moi, faisant pleuvoir de la terre sur ma tête. Au début, j'ai cru qu'un tir de mortier avait raté et avait atterri juste devant moi, mais j'ai rapidement réalisé qu'il s'agissait d'une grenade lancée par les hommes qui prenaient la colline d'assaut.

J'étais débordé.

J'ai lancé une dernière grenade, puis deux autres obus de 60 mm. Une deuxième grenade a explosé et m'a fait tomber au sol. Alors que mes oreilles sifflaient et que j'essayais de reprendre mon souffle, j'ai senti un minuscule éclat d'obus brûlant dans le côté droit de mon cou. J'ai réalisé que le morceau de métal avait manqué mon artère d'environ un centimètre. Je n'avais aucune idée du nombre d'obus de 60 mm qu'il me restait à tirer, et encore moins du temps qu'il me restait avant que la charge n'explose et ne m'emporte avec elle.

Je me suis levé en titubant et j'ai couru vers les arbres.

Les tirs derrière moi étaient de plus en plus nourris, à mesure que mes attaquants approchaient du sommet de la colline. Je me suis approché de la pente devant moi, avec l'impression d'avancer au ralenti, en observant les balles qui frappaient les arbres devant moi. De la fumée sortait des troncs et les branches étaient secouées par les balles. Comment se faisait-il que je n'avais pas encore été touché ? La pente apparut, à trois longs pas devant moi.

Puis une balle a frappé la plaque arrière de mon gilet pare-balles, et j'ai perdu tout contrôle.

Le violent impact contre ma colonne vertébrale m'a fait voler vers l'avant. J'ai heurté le sol sur le côté droit et j'ai commencé à rouler dans la pente.

C'est à ce moment qu'une explosion assourdissante a eu lieu au sommet de la colline et m'a aveuglé. Une fraction de seconde plus tard, l'onde de choc est passée au-dessus de moi. L'image de la cime des arbres balayée par l'explosion me resta en mémoire alors que je continuais à dévaler la pente en roulant.

Je sentais mon fusil en bandoulière s'enfoncer dans mes côtes à chaque rotation. Ma vision était brouillée et n'était plus qu'un mélange de bleu, de vert et de marron, alors que le ciel, les arbres et la terre tourbillonnaient devant mon visage. J'ai rebondi encore une fois et j'ai percuté un tronc d'arbre de plein fouet. J'ai essayé d'attraper un buisson pour m'arrêter. Les épines m'ont écorché les bras et le visage, mais les branches m'ont glissé des mains. J'ai réussi à me mettre les pieds en avant et à ralentir ma chute. Je regardais entre mes bottes à la recherche de quelque chose à attraper alors que je glissais sur le dos, mais je ne voyais que les nuages planant au-dessus de cimes d'arbres lointaines.

J'étais à cinq mètres d'une falaise à une vitesse qui me donnait l'impression d'avoir été tiré par un canon.

J'ai planté mes talons et remué mes bras sur le côté, en m'agrippant à la terre avec mes doigts gantés. Les arbres défilaient à toute vitesse, hors d'atteinte, et la végétation se clairsemait à mesure que la pente devenait plus raide. À trois mètres du bord, j'ai vu un petit arbre directement sur ma trajectoire qui penchait dangereusement au-dessus du vide. J'ai écarté les jambes et placé les deux mains devant mon entrejambe, en me préparant à l'impact.

Le tronc faisait presque dix centimètres de diamètre, et je l'ai percuté avec une force incroyable répartie en parts égales entre mes mains et mon entrejambe. Mes lunettes de soleil se sont envolées et ont rebondi sur le sol avant de disparaître dans le précipice. La douleur me fit l'effet d'un coup de fusil à bout portant dans le cerveau. Je me suis senti si nauséeux que j'aurais presque souhaité passer par-dessus bord.

Mon corps a glissé sur le côté et a entamé un virage à cent-quatre-vingts degrés que j'ai tenté d'arrêter en saisissant fébrilement le tronc de l'arbre avec les deux mains alors que mes jambes pointaient désormais vers le haut de la pente. J'ai fini par m'immobiliser, avec mon fusil suspendu sous moi et dont la sangle était tendue autour de mon cou et coupait l'arrivée d'oxygène et de sang à mon cerveau. La douleur était insoutenable. J'ai regardé en contrebas pour voir s'il y avait une corniche qui m'aurait permis de lâcher l'arbre et de tenter ma chance.

Mais il y avait une chute de trois mètres qui me séparait du sol.

Mes yeux ont enregistré un flash de lumière et un énorme nuage s'élevant du sol au loin. Le bruit de l'explosion m'est parvenu une fraction de seconde plus tard et a été suivi par des tirs de mitrailleuses et de roquettes. Alors que j'étais sur le point de m'évanouir, j'ai lâché une main de l'arbre pour enlever la sangle du M4 de mon cou. J'ai laissé le fusil tomber et remis ma main sur le tronc d'arbre.

J'ai pris une grande respiration avant de me tirer vers le haut avec toutes les forces qui me restaient. J'ai passé une jambe autour de l'arbre et je me suis mis en position assise. Puis j'ai rampé quelques mètres sur la pente, je me suis tourné sur le dos et j'ai regardé le ciel tandis que des vagues de douleur me submergeaient.

La première balle s'est enfoncée dans la terre à quelques mètres sur ma gauche, projetant de la terre dans le précipice. Je me suis levé tant bien que mal, tandis que d'autres balles arrivaient du haut de la colline. Alors que je courais en longeant le bord, d'autres balles sifflaient au-dessus de ma tête. Les hommes devaient avoir du mal à me voir depuis le sommet de la colline, tout comme moi quelques instants plus tôt.

J'ai sprinté jusqu'à un endroit de la colline où la pente était moins raide, et j'ai dévalé la paroi rocheuse.

Les tirs se sont arrêtés alors que j'arrivais en bas de la pente et me rapprochais de mon fusil. Fuir tout droit vers mon point de ramassage signifiait mener mes poursuivants vers Karma, qui était sûrement en train de fumer des cigarettes à côté de la voiture, imperturbable au milieu des tirs et des explosions qui résonnaient dans les collines. L'épaisse végétation rendait mon pistolet inutile, et ma seule option était donc de récupérer mon M4 et d'espérer qu'il avait survécu à la chute.

J'ai couru jusqu'à ce que je voie une motte de terre fraîchement retournée et j'ai repéré mon fusil à quelques mètres en contrebas. En le prenant, j'ai découvert qu'il était couvert de sable, qu'un coin de la crosse en plastique s'était ébréché et que le silencieux était rempli de terre. J'ai levé les yeux en entendant un bruit au-dessus de moi et j'ai vu un des hommes se tenant au sommet de la falaise et scrutant la forêt avec son fusil.

Il s'attendait à ce que je sois en train de m'enfuir, et non que je me tienne directement en dessous de lui. J'ai visé, j'ai passé l'arme en mode semi-automatique, et je me suis brièvement demandé si elle allait m'exploser dans les mains à cause de toute la saleté dans le canon. J'ai appuyé deux fois sur la détente. Le premier coup est parti, mais pas le second.

Alors que je déverrouillais la culasse pour dégager la munition coincée dans la chambre, l'homme est tombé par-dessus bord en lâchant son fusil. J'ai plaqué mon dos contre la paroi rocheuse, et j'ai vu son corps passer devant moi et s'écraser sur le sol avec un son qui était un mélange de branches et d'os qui se brisaient. Puis il a roulé dans la pente avant de s'arrêter contre un arbre. Son fusil a touché le sol à une courte distance de son corps avant de glisser dans la pente.

J'ai mis mon fusil en bandoulière et je suis descendu à son niveau en quelques secondes pour traîner son corps inerte de façon à ce que personne ne le voie depuis le haut de la falaise. Je l'ai retourné sur le dos et je me suis figé quand j'ai vu son visage.

Une voix retentissait dans radio accrochée à son gilet.

"*Remy ? Remy ?*"

Mon vieil ami a ouvert les yeux en battant des paupières. Il a regardé au loin avant de me regarder dans les yeux et de me sourire faiblement.

"Salut, Slick", dit-il avec son accent de l'Alabama. "J'aurais pensé que t'étais officier depuis le temps."

"Et j'aurais pensé que t'étais encore dans les Rangers." J'ai enlevé la radio de son gilet et j'ai transmis : "Ton pote va bien. Je prends sa radio, et si tu appelles à l'aide ou si tu descends de cette falaise, je le tue. Tu peux venir le chercher dans une heure, pas avant."

"*Laisse-moi l'entendre pour avoir la preuve qu'il est vivant.*"

"C'est pas une négociation", répondis-je.

"C'est bon, je vais leur dire d'attendre", dit Remy.

"Tu ferais ça pour moi ?"

"Tu as ma parole."

J'ai mis la radio devant sa bouche et appuyé sur le bouton en lui faisant un signe de tête.

"Je vais bien, les gars. Restez là-haut et on se voit dans une heure."

J'ai ajouté "Ne transmettez plus ou il est mort." J'ai mis la radio dans ma poche et je lui ai pris des grenades que j'ai mises dans les poches de mon gilet. Ses chargeurs étaient destinés à une arme différente et je ne les ai donc pas pris.

"C'était un joli tir", dit-il.

"C'est toi qui m'as appris, tu te souviens ?"

"C'était un beau combat, aussi. Je commençais à penser qu'on était de retour à la guerre."

"Tu t'es bien démerdé. Ne leur dis pas qu'on s'est déjà vus avant, d'accord ?"

"Je ne sens plus mes jambes. Achève-moi, Slick. Je ne veux pas finir comme un légume."

"Tu vas t'en sortir. Laisse tes gars venir te chercher."

Il a fait une grimace et a dégluti. "T'as pas intérêt à me laisser comme ça. Je ne te ferais jamais ça."

"Ce n'est peut-être pas aussi grave que ça en a l'air."

"Dégage d'ici. Laisse-moi mourir avec un peu de dignité."

J'ai secoué la tête. "Je suis désolé, mon frère", dis-je en me levant et en pointant le M4 sur sa tête en grimaçant. J'ai appuyé sur la détente, mais il n'y a eu qu'un clic métallique.

J'ai essayé de réparer ce qui n'allait pas en ouvrant la culasse et en réarmant, puis j'ai appuyé sur la détente une seconde fois.

Remington grogna et expira.

"Merde, Remy, je suis désolé." J'ai laissé tomber le magasin et j'ai éjecté la balle. J'ai partiellement démonté le M4, en retirant la culasse et j'ai soufflé dedans pour enlever la terre. "Je n'ai pas de silencieux sur mon pistolet, donc si je n'arrive pas à faire marcher le M4, ce sera au couteau."

"Tu peux me finir au couteau maintenant", dit-il en haletant.

"Je vais quand même avoir besoin du fusil pour tes amis." J'ai soufflé dedans une deuxième fois et j'ai commencé à remonter l'arme.

"Tu t'es marié pour finir ?" demanda-t-il.

"Ça n'a pas marché."

"C'est bien ma veine. Je vais crever quand Sarah est enfin disponible."

"Tu n'aurais pas voulu sortir avec elle, Remy", dis-je en souriant.

"Si."

"Prêt à faire un nouvel essai ?"

Il fit un léger signe de tête. "Ouais, mon frère. On se voit de l'autre côté."

"À la prochaine, Remy."

Je lui ai tiré une unique balle dans la tête, puis je me suis retourné et j'ai commencé à descendre la colline en courant.

J'ai fini par tomber sur le chemin qui menait à mon point de liaison. En m'approchant, j'ai vu le pickup blanc à travers le feuillage. Je me suis arrêté derrière un arbre, cherchant d'abord à savoir s'il y avait quelqu'un, avant de me retourner pour écouter si quelqu'un me suivait. Silence.

J'ai gardé mon fusil en bandoulière et j'ai arrangé mes cheveux du mieux que j'ai pu avec mes gants de tir plein de terre, puis j'ai enlevé mes oreillettes et j'ai marché vers la route.

Karma se tenait à côté de la voiture et me regardait, une cigarette à la main.

Elle a écarquillé les yeux en me voyant approcher. "Putain, qu'est-ce qui t'est arrivé ?"

J'ai mis une main autour de sa taille et l'autre sur sa joue, je l'ai plaquée contre la porte de la voiture et je l'ai embrassée.

Puis j'ai reculé ma tête et j'ai dit : "Tu sens très bon. Et j'ai mal partout."

Elle m'a mis sa cigarette entre les lèvres. "Tu en as plus besoin que moi."

"Quelle gente dame", lui dis-je en lui ouvrant la porte du côté conducteur.

"Quel gentleman", répondit-elle en s'installant au volant. Je me suis assis sur le siège passager, puis elle a démarré et accéléré.

"Est-ce que tu as vu quelqu'un sur le chemin ?" demandai-je.

"Non. Mais j'ai flippé en entendant des coups de feu au lieu des mortiers à la fin du compte à rebours."

"Oui. Je n'étais pas ravi non plus. Tu crois que Matz va me tuer ?"

"Probablement. Tu as de la chance d'avoir sauté de cet avion."

J'ai tiré sur la cigarette et expiré la fumée par la fenêtre ouverte. "Tu es sûre que c'est pas un véhicule non-fumeur ?"

"On va faire exploser la voiture dans quelques minutes. Je ne dirai pas à Ian que tu as fumé dedans."

Nous sommes arrivés à l'intersection et avons vu le SUV noir de Ian face à une route adjacente. Karma a freiné et fait marche arrière pour bloquer la route, laissant uniquement le chemin de notre équipe d'embuscade dégagé.

J'ai transmis : "Rouge, ici Blanc. Tu veux qu'on la fasse sauter maintenant ou qu'on attende ?"

"*Blanc, rouge*", répondit Ian. "*Allez-y, faites-la péter, puis consolidez. Les gars sont à l'heure.*"

J'ai pris le sac de randonnée par terre derrière moi et j'ai déroulé le double système de détonation de la poche avant. J'ai activé les deux détonateurs et j'ai vu de la fumée s'élever de la mèche. Je l'ai lâchée et j'ai déclenché un compte à rebours de quinze minutes sur ma montre.

"Rouge, blanc. Ça brûle. Quinze minutes."

"*Reçu.*"

Karma a verrouillé les portes du pickup et nous nous sommes dirigés vers le SUV qui tournait au ralenti, puis nous sommes entrés dans l'habitacle climatisé et avons fermé les portes derrière nous.

"Vous allez bien ?" demanda Ian en se retournant depuis le siège du conducteur. "Putain, David", dit-il en voyant mon visage.

"Je sais. Je vais prendre tous les analgésiques que je pourrai trouver. Il y a quelqu'un à la radio ?" J'ai ajusté le M4 entre mes jambes et j'ai regardé derrière nous par-dessus mon épaule. Ian regardait dans les rétroviseurs.

"Le patron a dit que l'embuscade était terminée et qu'ils se dirigeaient vers leur voiture de fuite. Ils devraient y être d'ici une minute. Sur le site des mortiers, les forces de sécurité ont signalé trois morts dans ton explosion, et si j'en crois ce que tu leur as dit à la radio, tu en as buté un quatrième."

J'ai hésité. "Ouais, j'en ai tué un quatrième. D'où venait cette patrouille ? Je ne les ai pas vus jusqu'à..."

Ian leva la main pour me faire taire, car la radio venait de s'allumer.

"*J'ai un visuel sur l'élément.*" Il y eut une pause, suivie de "*Je les ai tous les trois. Aucun blessé. On se dirige vers votre position maintenant. Arrivée prévue dans trois minutes.*"

Ian décrocha la radio. "Reçu. Bonne chasse, les gars."

Il y eut une courte pause, et la voix d'Ophie se fit entendre.

"*L'explosion initiale a fait décoller le véhicule de tête de cinq mètres en l'air. Aucun survivant. C'était parfait.*"

Le patron a dit : "*À deux minutes de votre position. Dis à Suicide que... attends une seconde.*" Nous avons attendu en silence qu'il transmette à nouveau.

"*Minuit. Minuit. Minuit.*" *Le* patron avait l'air calme, comme s'il plaisantait. Puis, paniqué, il répéta en criant : "*MINUIT, MINUIT, MINU...*"

Ian mit le pied au plancher et les pneus tournèrent sur place un instant avant que la voiture se mette à avancer et atteigne sa vitesse maximale. Karma me regarda avec ses grands yeux, et un instant plus tard, son visage disparut dans une explosion cramoisie lorsque les premiers coups de feu ont retenti.

Mon visage fut aspergé de son sang épais et chaud. J'ai eu un haut-le-cœur alors que d'autres balles transperçaient le pare-brise arrière, envoyant de minuscules éclats de verre dans l'habitacle.

Je me suis essuyé le visage et j'ai cligné des yeux, voyant un flou vert à travers la vitre alors que notre véhicule s'éloignait à toute vitesse. Ian criait quelque chose que je pouvais entendre, mais que je n'arrivais pas à comprendre. J'ai regardé Karma, et j'ai senti une remontée acide dans ma gorge. Son corps était affalé vers l'avant et avait des soubresauts à chaque bosse sur la route. Sa tête avait à moitié disparu et donnait lieu à un spectacle macabre à l'intérieur de son crâne fracassé.

J'ai pris un morceau de cerveau sur mes genoux et je l'ai regardé entre mes doigts.

J'ai toussé une fois, j'ai essayé de m'éclaircir la gorge, puis j'ai vomi sur mon fusil.

SILENCE

Nihil obstat

-Rien ne s'oppose

19

6 septembre 2008
Puerto Oscura, République dominicaine

La pièce était blanche. L'absence de couleur fut trahie par l'approche d'une silhouette élancée. Elle sortit de la lumière et se matérialisa devant moi, parfaite. Des cheveux clairs effleuraient ses épaules, et ses yeux clairs plongèrent dans les miens alors qu'elle s'avançait, pensive, les mains dans le dos, me présentant son corps délicat. Elle faisait de petits pas hésitants, son corps frissonnant presque de désir, et s'arrêta si près que je sentis son souffle chaud m'insuffler la vie. Elle m'a pris une main et l'a tirée vers elle. Mes doigts ont effleuré la peau sous son nombril pendant un moment fugace tandis que son autre main pressait un objet frais et dense dans ma paume. Elle m'a regardé, souriante et pleine d'espoir.

J'ai regardé dans ma main et j'ai vu un revolver argenté brillant. Ses yeux se sont levés vers les miens pour me supplier. J'ai docilement placé l'extrémité du canon contre mon sternum. La commissure de ses lèvres se recourba en un curieux sourire lorsque j'appuyai sur la détente et que ma poitrine se déchira, faisant tourbillonner la vie en mon centre avant de l'expulser par-derrière sur le sol immaculé. Mon monde tourna violemment jusqu'à ce que la surface en dessous de moi s'arrête brusquement juste sous mes yeux.

Je m'entendais respirer difficilement, alors que je luttais instinctivement pour ma survie. Mais alors qu'une chaude humidité se répandait à l'extérieur de mon corps, un vide froid se développait à l'intérieur.

Mes yeux se sont ouverts lentement et ont fait la mise au point sur le ventilateur du plafond qui tournait dans l'obscurité au-dessus de moi. Je les ai refermés et j'ai poussé une longue expiration, sans essayer de me rappeler ce qui m'avait conduit là cette nuit-là ou une autre.

Je suis resté immobile pendant de longues minutes, complètement vide et ne voyant rien du tout.

J'ai roulé sur le côté pour prendre une cigarette dans le paquet à moitié vide sur la table de nuit et je l'ai mise entre mes lèvres. J'ai renversé un verre vide en prenant un briquet à côté du revolver calibre 454. Il a roulé sur la table de nuit et a rebondi sur la moquette.

Le rêve était devenu récurrent et mettait toujours fin au sommeil que je ne parvenais à obtenir qu'en soumettant mon esprit avec l'alcool. Quand je ne dormais pas, je ne rêvais pas.

Sinon, Karma venait à moi.

L'arme était toujours là. Parfois je mettais le canon dans ma bouche, d'autres fois contre ma poitrine. Parfois le rêve se terminait avec elle se tenant au-dessus de moi, me regardant avec un regard vide, et parfois je me réveillais avant d'arriver aussi loin. Mais le rêve venait toujours. Mon sommeil se terminait toujours dans cette pièce lumineuse.

Lorsque j'ai ouvert la baie vitrée et que je suis sorti sur le balcon du troisième étage sous un ciel nocturne, j'ai senti un coup de vent plus frais que d'habitude ainsi que des gouttelettes d'eau qui tombaient du bord du toit. Un autre orage, comme il y en avait souvent dans la région, venait de passer, laissant un fantôme d'humidité dans l'air. En marchant jusqu'à la rambarde à hauteur de taille au bout du balcon, j'ai allumé mon briquet et porté la flamme jusqu'au bout de ma cigarette, puis j'ai inhalé la première bouffée de fumée.

Au-dessus de moi, la lune projetait une lueur terne filtrée par une nappe de nuages dérivant lentement entre elle et la mer. Mes yeux se posèrent sur la piscine en dessous de moi, puis sur le bord de la cour, qui se terminait par un mur de cinq mètres de haut surmonté de rouleaux de fil de fer barbelé. De l'autre côté se dressaient de grands palmiers dont les feuilles bruissaient dans le vent. Je pouvais entendre le chant solitaire de l'océan et de ses vagues qui s'écrasaient sur le rivage et repartaient.

J'étais dans un lotissement clôturé disposant de ses propres gardes de sécurité. Chaque nouveau résident et chaque véhicule était enregistré avant d'être autorisé à entrer et sortir librement. Une entreprise privée s'occupait de l'entretien des espaces verts et des piscines après que leurs véhicules aient été fouillés et escortés jusqu'à leur destination. Des repas préparés, de la cocaïne non coupée, de l'alcool de premier choix et des call-girls pouvaient être commandés par téléphone et livrés à l'entrée principale à toute heure du jour ou de la nuit. Même les prostituées étaient fouillées et devaient s'inscrire à la guérite de sécurité. Les forces de sécurité effectuaient des patrouilles à l'extérieur de l'enceinte avec des chiens, et surveillaient en permanence un vaste réseau de caméras de sécurité situées à l'intérieur et à l'extérieur de l'enceinte.

Quant aux habitants de la communauté, il y avait plus de rumeurs que de certitudes. La plupart de ces rumeurs concernaient le montant des primes que divers individus avaient sur leur tête plutôt que les détails de leur passé. J'avais entendu dire que quelques communautés comme celle-là existaient dans ce pays, et de nombreuses autres dans les pays voisins. Les barons de la drogue, les indics, les tueurs à gages et tous ceux qui avaient beaucoup d'argent et d'ennemis se rassemblaient dans ces endroits. C'était une sorte de cimetière des éléphants pour les criminels, où des hors-la-loi à la retraite venaient passer le temps qu'il leur restait.

La façon dont j'y étais arrivé était une histoire en soi. J'avais été livré, comme promis, aux contrebandiers. Ian m'avait fait descendre de force de la voiture avec l'aide d'un autre homme qui attendait à notre point de transfert, et ils m'avaient fait monter dans un autre véhicule. J'étais complètement sonné. J'avais la tête qui tournait et je n'avais plus aucun équilibre. Couvert du sang et du cerveau de Karma, je perdais les pédales. C'est dans cet état que j'ai été enfermé dans le véhicule qui m'a emmené vers le sud. À l'intérieur, il y avait suffisamment de place et de provisions pour cinq personnes.

Mais j'étais seul.

Je dirais simplement qu'il existe des réseaux de contrebande très complexes établis et entretenus pour importer certaines marchandises — y compris, mais pas seulement, des stupéfiants — aux États-Unis. Les véhicules qui livrent ces marchandises ne sont pas nécessairement renvoyés à vide. Un certain nombre de contrebandiers fiables acceptent — et le font volontiers — de se faire payer pour le voyage retour. J'ai passé le long trajet dans l'obscurité et l'incrédulité. Je n'ai pas eu une seule réflexion cohérente durant tout le voyage jusqu'à ce que j'émerge à destination. Je n'avais que des pensées dispersées, des flashs de la mort de Karma, des vagues de maux d'estomac et de peur.

Lorsque je suis entré dans la maison pour la première fois, j'ai vu la table de la salle à manger sur laquelle étaient posés cinq verres et une bouteille de Woodford Reserve non ouverte. En m'avançant, j'ai vu un autocollant vert collé de travers sur la bouteille : $62.99.

J'ai commencé à boire.

Il a fallu des jours avant que Ian me contacte.

Quand il a enfin appelé, je me suis précipité sur le téléphone et j'ai décroché dès la deuxième sonnerie. "C'était qui ces gars ?"

"Tu sais qui c'était", dit-il d'une voix monocorde.

"Et les forces de sécurité ?"

"J'avais des gars qui surveillaient leurs fréquences. Quand tu as pris leur radio, ils sont passés sur un réseau alternatif pour continuer à parler. Ils n'avaient rien à voir avec le fait que l'autre véhicule ait été touché, ou avec nous. On a battu les forces de sécurité, David. Mais pas le Régisseur."

"Comment est-ce qu'il a su où on serait ?"

"Il n'avait pas à le savoir : il connaissait la cible. Ses hommes attendaient à l'extérieur du périmètre de sécurité qu'on finisse le travail, puis ils nous ont frappés en sortant. La seule raison pour laquelle toi et moi avons survécu, c'est parce que quelque chose a mis la puce à l'oreille du patron et qu'il nous a avertis. C'est tout."

"Où est Karma ?"

"On l'a enterrée le soir même."

J'ai tâtonné pour trouver la chaise à côté de moi et je me suis effondré dessus. "Où ça ?"

"Dans les bois."

"Et les autres ?"

"Leurs corps n'ont pas été retrouvés. On ne sait pas où ils sont."

"Comment on fait pour le tuer ?"

"Je m'en occupe."

"Pas sans moi. S'il y a une équipe qui y va, je veux en faire partie."

"Il y en a une, mais c'est trop tard."

J'ai serré le téléphone plus fort, je me suis penché en avant et j'ai dit : "C'est des conneries. Il va leur falloir des semaines pour se préparer."

"Non, David, il leur a fallu des mois. Ils y travaillent depuis longtemps. J'ai trouvé quelque chose dans le fourgon Sprinter dont je n'ai pas parlé au patron."

"De quoi tu parles, putain ?"

"Avant de mourir, les Cinq Têtes ont financé une équipe qui était en phase finale d'une tentative d'assassinat du Régisseur. Ils ont accepté de négocier pour gagner du temps jusqu'à ce que l'occasion de le tuer se présente."

"Et tu as repris le contrat de cette équipe après que les Cinq Têtes aient été tuées."

"Avant le coucher du soleil."

"Alors ce n'est plus qu'une question de temps ?"

"Oui, David. C'est ce que j'essaie de te dire."

"Ok", dis-je en soupirant et en regardant le 454 qui attendait sagement sur la table de nuit. "Ian, j'ai besoin de savoir quand c'est fait."

J'ai tiré une dernière fois sur la cigarette et j'ai jeté le mégot du balcon pour qu'il rejoigne les autres sur la pelouse, puis je suis retourné à l'intérieur. J'ai pris le revolver sur la table de nuit, puis je me suis rendu dans la salle de bain principale et j'ai allumé la lumière.

Je me suis regardé dans le miroir.

En attendant l'appel de Ian, j'avais recommencé à boire et à écrire. Raconter l'histoire de l'équipe était devenu mon seul but, ma seule raison de vivre.

L'écriture avait pris le dessus sur ma vie. Je restais assis devant l'ordinateur toute la journée, à noircir des pages, puis je levais les yeux et réalisais que je n'avais rien consommé depuis huit ou neuf heures, à part de grandes quantités de caféine, de nicotine et d'alcool. Je n'avais jamais rien écrit d'autre que des textes introspectifs décousus et des divagations nocturnes, et je me suis soudain retrouvé plongé dans un manuscrit de cent pages.

Comme je ne pouvais pas raconter l'histoire de l'équipe sans détailler le parcours qui m'avait conduit à elle, j'avais dû me replonger dans mes souvenirs. J'ai relu de vieux textes relatant mes souvenirs de la guerre, mon engagement raté en Afghanistan et en Irak, mes moments sombres, ma relation avec l'alcool et mes sauts en BASE jump. Des souvenirs de la réalisation de mes fantasmes autodestructeurs et de mes pulsions suicidaires pendant que le monde dormait.

J'ai relu ces pensées oubliées depuis longtemps et j'en ai couché de nouvelles par écrit, dans ce qui n'était guère plus qu'une lente descente en spirale vers la folie. Une fois que j'avais terminé d'écrire, je me suis levé, éviscéré, et j'ai regardé un ver solitaire de trois mètres de long que j'aurais préféré ne jamais découvrir.

Quand je commençais à écrire, je tapais l'histoire avec soin, comme si la transcription allait disparaître avant d'être terminée. Les pages se sont enchaînées, jusqu'à ce qu'un jour, je relise mon travail comme s'il appartenait à quelqu'un d'autre, et comme si je n'avais pas le pouvoir de le changer. L'histoire ne m'appartenait plus. C'était un texte isolé, incompréhensible, répugnant ; quelque chose à ignorer ou à faire analyser par un tiers. J'ai choisi de l'ignorer et de me coucher cette nuit-là avec un sentiment d'avoir tourné la page, mais pas d'avoir accompli quelque chose.

Depuis lors, je n'avais plus rien écrit.

J'ai regardé mon reflet dans le miroir. J'ai soulevé le revolver et mis le canon dans ma bouche. Le bout de mon doigt est entré en contact avec le métal lisse et incurvé de la détente. Juste une légère caresse en contemplant le suicide.

Trois kilos et demi de pression. Cette donnée m'est revenue en tête de façon spontanée. Ce fut ma seule pensée consciente.

J'ai retiré le canon, j'ai ouvert le cylindre et j'ai fait tomber les six balles dans la paume de ma main avant de les déposer une par une sur l'évier.

Je me suis longuement regardé dans le miroir, fixant mes yeux verts profonds et stoïques, mes cheveux blond foncé ébouriffés, ma barbe de trois jours qui semblait intentionnelle plutôt que le résultat de mon refus de me raser. Des amis m'avaient dit que je ressemblais à une star de cinéma ou à un mannequin. Je trouvais que j'avais l'air sinistre et que mes yeux se semblaient briller qu'à cause des cernes qui les mettaient en valeur.

Ce visage stoïque me fixait, en refusant de révéler ses secrets. Mon esprit me disait : *tu verras. Continue d'écrire, et tu verras. Je ne te dirai rien, tu le découvriras par toi-même.*

J'ai vérifié le cylindre pour m'assurer que toutes les chambres étaient vides, je l'ai refermé et j'ai remis l'arme dans ma bouche.

J'ai regardé l'homme dans le miroir dans les yeux.

J'ai appuyé sur la détente.

Clic.

Une montée instantanée d'adrénaline, une sensation interdite, du genre que l'on ressent lorsque l'on saute illégalement du toit d'un immeuble au milieu de la nuit dans un quartier de New York. Un plaisir sain, tant qu'on ne se faisait pas prendre.

Tu n'es pas censé faire ça.

De l'adrénaline coupable.

J'ai retiré le canon et revérifié le barillet, puis j'ai pris une seule balle sur l'évier. Je l'ai glissé dans une chambre, j'ai fait tourner le barillet et l'ai fermé. Puis j'ai remis le canon dans ma bouche.

J'ai regardé les yeux verts dans le miroir.

Clic.

La montée d'adrénaline est revenue, plus forte cette fois. J'ai de nouveau mis mon doigt sur la détente.

Le téléphone s'est mis à sonner. J'ai appuyé sur la détente.

Clic.

Je suis retourné dans la chambre principale et j'ai répondu au téléphone avec ma main libre.

"Il est mort ?"

"Ils ont essayé aujourd'hui, mais ils ont échoué."

"Comment ça ils ont échoué ?"

"Aucun d'entre eux ne s'en est sorti."

"Alors, il est toujours en vie ? J'ai une solution pour ça, Ian, et c'est ce que je te dis depuis le début."

"Ce n'est pas si simple, David."

"Si, c'est simple. C'est toi qui as toutes les infos sur ce type. Apprends-moi ce que tu sais, et je m'occuperai de lui. Le patron a dit que le Régisseur pouvait être tué. Je sais que c'est possible."

"Le patron n'a pas vu ce que j'ai vu aujourd'hui. Il n'y a plus que toi et moi maintenant. Et le Régisseur s'est caché. Cela réduit nos options à un seul chemin, et je ne suis pas sûr que l'un d'entre nous veuille le prendre."

"Je vois Karma toutes les nuits, Ian. Ne me dis pas que je ne veux pas le prendre. S'il n'y a qu'un seul moyen d'y arriver, dis-moi ce que c'est."

"C'est une conversation qu'on devrait avoir en personne."

"Alors, rencontrons-nous."

Il hésita. "Laisse-moi organiser le transport et je te rappelle pour te donner les détails."

J'ai raccroché le téléphone et je suis resté dans l'obscurité, seul avec mes pensées et mes acouphènes.

Mes yeux ont dérivé vers le 454, mon seul compagnon fidèle dans cette solitude. J'ai ouvert le barillet pour voir ce que la prochaine pression sur la détente aurait donné, puis je l'ai fermé et j'ai regardé vers le balcon. Plus je restais dans cette maison, plus j'étais certain que ma vie prendrait fin avec cette arme à la main.

Finis Coronat Opus.

La fin couronne l'œuvre.

OFFRE DE VENGEANCE

Série American Mercenary t. 2

David Rivers veut se venger.

Mais il n'y a qu'une seule façon de tuer son plus grand ennemi : David doit d'abord rejoindre l'organisation secrète qui a massacré la seule famille qu'il avait.

Pour prouver son allégeance, il se lance dans une bataille à mort dans les badlands de Somalie.

Mais plus David se rapproche de sa cible, plus il se rend compte que la trahison de son équipe n'était pas due au hasard.

Quelqu'un au sein de l'organisation semble connaître son véritable objectif, et cela ne peut vouloir dire qu'une seule chose :

David n'était peut-être pas le seul survivant en fin de compte.

OFFRE DE VENGEANCE est le deuxième épisode de la Série American Mercenary.

severnriverbooks.com/foreign-language

ÉGALEMENT PAR JASON KASPER

Série American Mercenary

Le Plus Grand Ennemi
Offre de Vengeance
Rédemption des Ténèbres
Appel à Représailles
Le Cartel du Suicide
Objectif Terminal

Shadow Strike Series

The Enemies of My Country
Last Target Standing
Covert Kill
Narco Assassins
Beast Three Six
The Belgrade Conspiracy

Spider Heist Thrillers

The Spider Heist
The Sky Thieves
The Manhattan Job
The Fifth Bandit

Standalone Thriller

Her Dark Silence

severnriverbooks.com/foreign-language

REMERCIEMENTS

Une équipe de six personnes mérite d'être félicitée pour l'accomplissement de ce travail.

Mes premiers remerciements sont adressés à ma sœur, Julie, pour son rôle de rédactrice de contenu. En réalité, elle a été la première personne à lire chaque révision et, à ce jour, le nombre de mots dans ses commentaires a largement dépassé le nombre de mots du roman fini. Ses observations avisées et sa contribution impitoyable ont poussé l'histoire plus loin que je ne l'aurais cru possible, et elle a, à elle seule, empêché d'innombrables brouillons effroyables de voir le jour alors que je cafouillais pour écrire mon premier roman.

Il y a peu de personnes que je peux compter comme mentor, et encore moins que je considère comme des amis. Derek est les deux. Il a été mon premier bêta-lecteur lorsque cette œuvre en était à ses débuts, et il a été la première personne à me dire que je devrais me lancer pleinement dans l'écriture au lieu de considérer cela comme un passe-temps à temps partiel. Son défi et son inspiration m'ont guidé vers la route sombre sur laquelle je me trouve désormais, pour le meilleur ou pour le pire. Je ne pourrais pas lui être plus reconnaissant.

Le grand Ernie Young mérite également mes remerciements. Ami de longue date, camarade d'université, bêta-lecteur avisé et propriétaire d'une Aston Martin, il a été l'un de mes plus fidèles confidents. Ses opinions sur toutes les facettes de mon travail ont été plus qu'influentes, et j'ai toute confiance et tout espoir qu'elles continueront à me guider tout au long de la série.

Le sergent-chef John "JB" Presley a été d'une aide inestimable et son avis en tant que bêta-lecteur, ayant passé près d'un tiers de sa vie au combat, a été déterminant dans l'élaboration de cette histoire. Indépendamment du roman, ce fut un honneur de servir à ses côtés lors de ses quinzième et seizième déploiements.

Aucun manuscrit ne saurait être complet tant qu'un rédacteur professionnel ne l'a pas massacré, et c'est Cara Quinlan qui s'est chargée de cette tâche essentielle pour ce livre. Son expertise m'a permis d'élever cette histoire à son plein potentiel, et ses conseils et ses réponses tout au long du chemin ont assuré que chaque roman bénéficie d'un bien meilleur point de départ que son prédécesseur.

Et surtout, merci à ma belle et patiente épouse, Amy. Sa loyauté et son soutien éternels ont résisté à d'innombrables nuits blanches passées à travailler sur ce roman entre mes déploiements, après quoi elle a inlassablement servi de remarquable bêta-lectrice. Malgré tout cela, sa demande de passer les six premiers mois après avoir quitté l'armée à suivre ma passion m'a permis de profiter d'au moins une demi-année en tant qu'auteur à plein temps. Elle n'aurait pas pu me faire de plus beau cadeau.

À PROPOS DE L'AUTEUR

Jason Kasper est l'auteur à succès de la série de thrillers Spider Heist, American Mercenary et Shadow Strike. Avant sa carrière d'écrivain, il a servi dans l'armée américaine, d'abord comme simple Ranger et ensuite comme Béret Vert. Diplômé de West Point et ancien combattant des guerres d'Afghanistan et d'Irak, Jason était un fervent coureur d'ultramarathon, parachutiste et BASE jumper, et toutes ces expériences ont inspiré ses romans.

severnriverbooks.com/foreign-language

Rejoignez le groupe des lecteurs sur Facebook pour obtenir les dernières mises à jour : facebook.com/groups/JasonKasper

severnriverbooks.com/authors/jason-kasper

Printed in France by Amazon
Brétigny-sur-Orge, FR

19064260R00132